柳内たくみ
Yanai Takumi
Illustration:黒獅子
JN063157
GATE
ゲート
自衛隊
彼の海にて
斯く戦えり
SEASON 2
2. 謀濤編
下

巡視艇の舷側には、徳島が嫌というほど見た顔もあった。
「え、なんで江田島さんが？」

巡視艇の舷側でこちらに敬礼をしている海上保安官の一人、その顔が明らかに江田島であったのだ。

ゲート SEASON2

自衛隊　彼の海にて、斯く戦えり

2. 謀濤編〈下〉

A L P H A　L I G H T

柳内たくみ
Takumi Yanai

アルファライト文庫

主な登場人物 Main Characters

徳島甫《とくしまはじめ》

海上自衛隊二等海曹。
特務艇『はしだて』への配属
経験もある給養員（料理人）。

オデット・ゼ・ネヴュラ

翼皇種《アヴィ》の少女。
戦艦オデット号の船守り。
プリメーラの親友。

江田島五郎《えだじまごろう》

海上自衛隊一等海佐。
情報業務群・特地担当統括官。
生粋の“艦”マニア。

シュラ・ノ・アーチ

帆艇アーチ号船長。
正義の海賊アーチ一族。
プリメーラの親友。

プリメーラ・ルナ・アヴィオン

ティナエ統領の娘。
極度の人見知りだが酒を飲む
と気丈になる『酔姫』。

シャムロック・ハ・エリクシール

ティナエ政府
最高意思決定機関
『十人委員会』のメンバー。

ケミィ

海で暮らす
アクアス族の女性。
人魚のような特徴を持つ。

メイベル・フォーン

亜神ロゥリィとの戦いに敗れ、
神に見捨てられた亜神。
徳島達と行動を共にする。

オー・ド・ヴィ

ティナエ諜報機関
『黒い手』の一員。
プリメーラの船に乗り込む。

その他の登場人物

エドモンド・チャン……………特地碧海で行方不明となったジャーナリスト。
黒《くろ》川《かわ》雅《まさ》也《や》……………海上自衛隊の潜水艦『きたしお』の艦長。
黒《くろ》川《かわ》茉《ま》莉《り》……………二等陸尉。中央病院勤務の看護師。
アマレット……………プリメーラ付きのメイド長。
シェリー・ノーム・テュエリ………伯爵令嬢。菅原家に寄宿している。
菅《すが》原《わら》浩《こう》治《じ》……………日本の外務官僚。
望《もち》月《づき》紀《のり》子《こ》……………かつて帝国に拉致されていた女性。
イスラ・デ・ピノス……………シャムロックの秘書。

特地アルヌス周辺
碧海
グラス半島
アヴィオン海

●ロンデル
帝都●
●イタリカ
◎アルヌス
エルベ藩王国
トュマレン
碧　海

アヴィオン海周辺

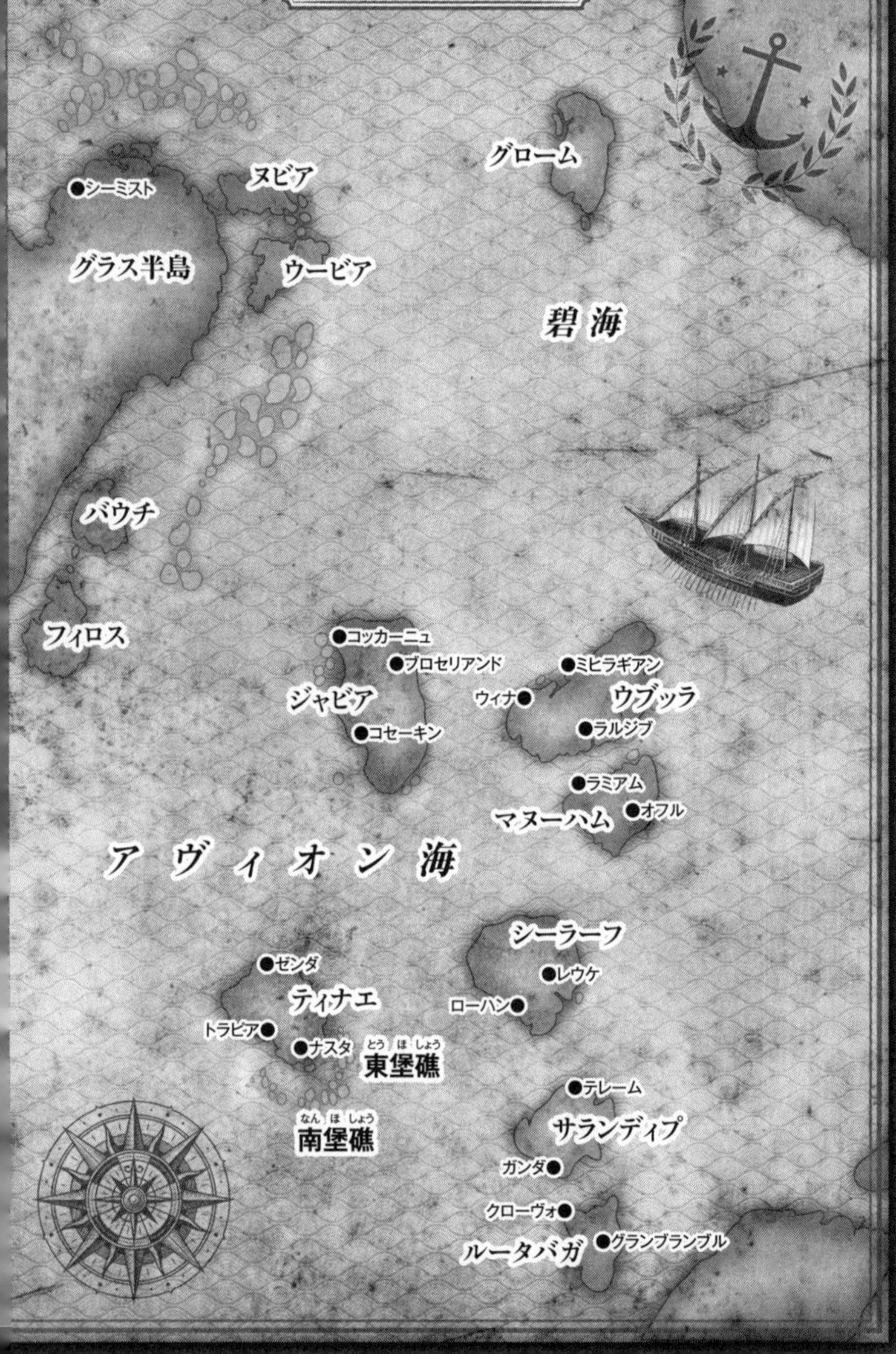
グローム
●シーミスト
ヌビア
グラス半島
ウービア
碧海
バウチ
フィロス
●コッカーニュ
●ブロセリアンド
●ミヒラギアン
ジャビア
ウィナ●
ウブッラ
●コセーキン
●ラルジブ
●ラミアム
マヌーハム
●オフル
アヴィオン海
シーラーフ
●ゼンダ
●レウケ
ティナエ
ローハン●
トラビア●
●ナスタ
東堡礁《とうほしょう》
●テレーム
南堡礁《なんほしょう》
サランディプ
ガンダ●
クローヴォ●
ルータバガ
●グランブランブル

09

プリメーラ達の東京滞在の日々が始まった。

シュラは東京からバーサまで一時退却することを提案したが、結局はプリメーラが自分の希望を押し通し、オデットが退院できるまでプリメーラ、シュラ、アマレットの三人が交代で病院に通うことにしたのである。

もちろん東京滞在の宿は、徳島《とくしま》家所有のマリーンジェム号である。海運国に生まれ育った三人には、船上生活は全く苦にならないのだ。

「じゃあ、今日はボクがオデットに付き添うことにするよ」

サロンで朝の食事をとっていたシュラが口元を拭きながら言う。彼女は船を失ったものの艦長としてリーダーシップを発揮して皆を仕切る役目を引き受けていた。

すると、給仕をしていたアマレットが同行しようと言い出す。

「では、わたくしも」

「ダメだよ、アマレット。君は長く働いていたんだからしばらくは非番だ」

「でも、あの病院でのしきたりなどをお伝えしておいたほうがいいかと思いますが？」

「ダメダメ。そんなことを言いながら君は働こうとするからね。初めてでも大丈夫さ、分からないことがあったら、あのおっかない看護師に尋ねるから」

シュラは言いながら笑った。

オデットとメイベルの間で勃発《ぼっぱつ》した戦いを、毒舌含みの鋭い啖呵《たんか》で鎮めた長身看護師のド迫力に、シュラは一目惚れしていた。もとよりシュラ自身もきっぱりはっきりしたタイプの人間ということもあって、看護師に対するシンパシーがたちまち生まれたのだ。

「そうですか」

シュラに同行を拒否されたアマレットは、少しばかりがっかりした気分になったらしい。非番を言い渡されてもどう過ごしたらいいか分からないくらい仕事中毒なのかもしれない。

アマレットはしばし逡巡《しゅんじゅん》していたが、今日は衣類の洗濯、整理、マリーンジェム号の掃除、そして買い物をすると申告した。

「さすがに衣服もこのままという訳にはいきませんので」

「当然ね、オー・ド・ヴィ。アマレットにお小遣いを」

「かしこまりました、プリメーラお嬢様」

サロンの窓近くで従者として立っていたオー・ド・ヴィが恭しく一礼した。

「そういえば君はどうするんだい？」

シュラはオー・ド・ヴィに尋ねた。

「私は、本日はプリメーラお嬢様に伺候《しこう》する予定です」

プリメーラの予定はまだ聞いていなかったが、その一言でシュラは彼女の本日の行動予定を理解した。プリメーラが何故、自分達にとって生活しやすいバーサよりも東京での滞在を選んだか、その理由は既に聞かされていたのだ。

「そっか、プリム。今日から動き始めるんだね」

「はい。一日だって無駄に出来ませんもの。オディが無事な様子も確かめられました。ならば、これからのことを考えた行動を始めます」

プリメーラはそう宣言すると、口元を手巾で拭き、出かけるために立ち上がったのだった。

＊　＊

「ふーん、プリムはそんなことを考えているのか？　シュラはいいのか？」

病衣のオデットは、自分の座る車椅子を不器用に押すシュラを振り返った。

「ボクとしても彼女の思いは尊重したいからね。好きにさせてあげたいんだ。プリムが自分を鬱々《うつうつ》と責めているのを見るのはボクもつらい」

シュラはプリメーラが罪責感に囚われて苦しんでいることを告げた。

「だったら前向きに何かやろうとしているほうがよっぽど心にいいように思えるんだ。危険なことが起こるとは思えないし。それにこの国がどんなところなのかを知っておくことは悪いことではないしね」

二人の傍らには、何もかもが初めてのシュラのために、看護師の黒川茉莉《くろかわまり》が付き添っていた。

特地語を理解する黒川は当然、二人の会話も理解できるのだが、あえて口を挟むことなく黙っていた。しかしシュラの押す車椅子が、オデットや他の患者にとって危険だと思われた時——例えば病棟の廊下を歩くよりも速く進もうとしたり、曲がり角を無警戒に進んだり、前を歩くお年寄りが遅いからと無闇に追い抜こうとしたり——は、二度としないよう厳しく言い聞かせたのである。

「杖を突いたお年寄りを引っかけて転ばせたら死に直結するかもしれません。人殺しと

罵られる覚悟は出来ていますか？」

「ボクも戦いの中に身を置いているから敵から恨まれる覚悟はとっくの昔に出来ているけれど、そういう理由で罵られるのは嫌だ」

「では、ここでは神経を張り巡らせてください。貴女よりも弱く、壊れやすく、傷つきやすいものだらけなのです。いいですね？」

「うん、分かった」

そんなことを言いながら、三人の向かった先は理学療法室であった。

「ここは？」

「訓練のための場です」

シュラが見渡すと、そこでは何人もの患者と専門家が訓練に勤しんでいた。

平行棒の間に立って歩行の練習に励む者。

床に腰を落とし、段差のあるプラットホームへと身体を持ち上げる動作を額に汗しながら繰り返す者。

自分の身体なのに動かすことが出来ない。ただの重りと化した下肢を引きずり、ベッドから椅子へと渡る恐怖と戦っている者。

指先の器用さを取り戻すため、拷問とすら思える単調な作業をひたすら繰り返す者。

　ここにいる者の多くは、それまで何気なく当たり前に行えていたことが突然出来なくなってしまった者ばかりであった。

　理由は事故や病気と様々ある。そして肝心なのは、誰もが前向きにそれらを克服して元の生活と人生を取り戻したいと励んでいるとは限らないことだ。こうなってからまだ日が浅く、自分の身に起きたことを受け容れられていない者も少なくない。

　中には、失ったものばかりに目が行って、残った力をどう活かすかなどまったく考えられない者もいる。誇りを失い、明日に希望を抱けない者もいる。

　しかしそれでもとりあえず、場の雰囲気や、家族の思いや、しなければならないからと自分を納得させて、訓練に向かっているのである。

　そんな内容のことを黒川は、異世界人のシュラのために、なるべく専門用語の使用を避けながら丁寧に説明した。特地とことは、医療技術はもとより、人生に対する感じ方も考え方も異なるのだ。

「今申し上げたことをしっかり記憶しておいてください。そうすれば、他者に接するに当たっての留意点も、自然と分かってくるかと思います」

　黒川の言葉にシュラは頬を引きつらせた。

「ちょ、ちょっと難しいかも」

「いいことです。分かったと安易に答えたら、耳元で百万遍《べん》馬鹿者と囁《ささや》いてやるつもりでしたので、とりあえず合格とします。では心得をたった一つだけ。無邪気な善意の押しつけをしない。それさえ弁《わきま》えていてくだされば結構です」

黒川はそれ以上のことは期待しないと告げた。

そんなことをしている間にも、オデットは柔軟体操を終えて義足の装着を始めた。

「あれ、なに？」

シュラは、オデットが装着する鈍色《にびいろ》に輝く金属製義足の無骨さに眉根を寄せた。

「訓練用の義足です」

「そっか、これがこっちの世界の義足なのか……」

海で生活していれば、腕や足を負傷して障碍《しょうがい》を負う者も少なくない。だからそうした障碍を補う道具を目にする機会も多いのだ。そういった道具は大抵が木製で、ただの棒かあるいは鉤《かぎ》だ。それに比べたらこの世界の義肢は遙かにマシなのだが、それでもその無骨な外見のものを可憐なオデットが着けることにショックを受けてしまう。

「ボクがもっと上手く艦を指揮できていたら、こんなことにはならなかったのに……」

シュラはやりきれない表情をした。

オデットがこうなったのは全て自分の責任だとシュラは感じている。そしてそれは概《おおむ》ね事実であった。船では全ての権限は艦長にある。従って船を失い、乗組員達を失い、そしてオデットが回復のしようがない傷を負ったこともまた、艦長たるシュラの責任なのである。

「言ったところで始まらないのだ。シュラはこれから頑張ればよい」

だからオデットも気休めにならない慰めは口にしない。前だけを見て後ろを振り返らないオデットの習熟した手つきを見たシュラは、オデットはこちらにきてから全く時間を無駄にしなかったのだと悟った。

やがてオデットは翼を大きく広げると、その力を借りて立ち上がった。

「おっ、オデットちゃんだ」

「おおっ凄い」

「天使様？」

オデットの翼を広げた姿は、理学療法室で実によく目立っていた。

もちろんオデットは自分の存在をアピールしたくて翼を広げている訳ではない。しかし彼女が純白の翼を広げた姿には、他の患者達はそれぞれ感じるものがあるらしい。子供は無邪気に喜び、眉間《みけん》に皺を刻んで訓練に向かっていた者も表情を綻《ほころ》ばせた。

「今日は、翼の助けなしで立ってもらいます」

オデットがこれまで出来るようになったことを復習すると、理学療法士がやってきて告げた。もちろん彼らは特地の言葉を解さないので黒川が通訳している。

「えっ！　翼、使っちゃダメなのか？」

「翼を広げる余裕のない浴室内とか、狭い廊下とかで転んだら、立ち上がれないままですか？」

「……」

そう言われると、オデットは肩を落として翼を畳んだ。そして再び床に腰を下ろす。そして他の患者と同じく、体幹のバランス感覚だけでその場に起立する練習を始めたのである。

＊　　＊

東京、駐日帝国大使館――

銀座事件に端を発する『異世界戦争』を、日本と講和を結ぶことでなんとか収めた帝国政府は、日本と友好的な関係を構築すべくアルヌスに領事、そして東京に大使を派遣した。そして日本および銀座側世界の主要国との外交活動を精力的に開始した。

とはいっても何も日本政府の要人と毎日顔を突き合わせて話し合っている訳ではない。日本側要人も帝国との関係ばかりに捕らわれていられるほど暇ではないし、それだけで関係の改善が図られる訳ではないからだ。

国と国の付き合いは、要するにその国民との付き合いだ。国民の感情と乖離《かいり》した関係の追求は、政府に対する国民感情の悪化に繋がる。民主的な選挙を経て代表が選ばれる国では、それは政府支持率の低下として速やかに表れてしまう。

従って、帝国としても日本国民の自国に対する感情を好転させる努力が必要となるのだ。

さらに言えば、国と国との交渉は人間関係が基本だ。国交といっても行き着くところ人間と人間が顔を合わせて交渉することになるからだ。

そのあたりは企業と企業の商談と同じ。人間と出会って関係を構築し、それを元にしてそれぞれの国や諸組織が持つ相手へのニーズを、「こういうことが起きてるんですが何とかしてくださいませんか？」と提案したり、「もうちょっと配慮してくれるとうちの国の企業が仕事しやすいんだけど」と協力要請したり、政策的な配慮が成されるよう働きかけることになる。そしてこちらの言い分と向こうの言い分とカードを出し合って、「このカードなら呑めるから、こっちのカードを受け容れてくれ」と駆け引きしていくのである。

大使館とはつまり、そういう人間関係構築の拠点なのである。

そのために必要なことは、相手国で合法とされる範囲で何でもすることである（非合法なことでも必要ならする国も時々ある）。

一番簡単なのは、人を集めるパーティーや催しを行うことだ。

一人ずつ会っていたら面倒だし時間もかかるが、大勢を一度に集めればせっかく知己《ちき》を得た人々と疎遠になることを防げるし、あるいは新しい人間関係も獲得できるのである。

もちろん宴《うたげ》に呼ぶ客は誰でもいいという訳ではない。予算だって無限にある訳ではないからだ。従って懇意な関係を築くならば、政府や組織の意思決定に様々な力関係が働く中で強い影響力を持つ者に絞りたい。

ただ、厄介なのは人物の肩書きには実際どんな力がありますよと書いていないこと。そのために情報収集と分析が必要だ。今、目の前にいる人間が持っている影響力はどのくらいなのか。今はそれほどでないとしても、将来強い影響力を持ちそうか。それらをよく見極めなければならない。そしてそうした人物に、『面白そうだからちょっと出向いてみようか』と思わせる工夫をしないといけないのだ。

その一つが、本日執《と》り行われる騎士団創立記念のパーティーであった。わざわざ本国から騎士団の一小隊を招き、派手な儀式を行うことになっている。

「準備は出来たかね？　騎士団の方々は？」

帝国の駐日大使、グレンバー・ギ・エルギン伯爵は帝国の正装に身を固めると、参事官にして親友でもある魔導師アー・ド・モアに準備の進捗状況を尋ねた。

「はい、大使閣下。会場、人員、料理、全ては準備万端整っております」

すると彼の親友は恭《うやうや》しく頭《こうべ》を垂《た》れた。

「そうか、なら安心だな」

グレンバーはその美貌を満足げに輝かせる。だがそこでアー・ド・モアは首を傾げた。

「でも、騎士団の創立記念式典なら本国でも行われております。わざわざ遠い異世界まで来てする必要なんてないでしょうに？」

「分かっているさ。だがニホン人にはなかなか人気のある行事だからね。そういったことも疎《おろそ》かには出来ないんだよ」

日本という国は身分制度がないわりには、天皇という君主ならぬ象徴が君臨しているためか、貴族というものに対して一定の敬意を払う精神性がある。

また、貴族階級の子女によって編成された騎士団の団員達が、煌《きら》びやかな軍装をまとって儀式に臨む凛々《りり》しい姿には、有力者の妻子も強い憧憬心《しょうけいしん》を露《あら》わにする。騎士団の主立った者など、演劇役者でもないというのに個別のファンがいるくらいなのだ。

当人達にとっては複雑な心境だろうが、とはいえそれならばそれを武器としない手はないのである。

さらに言えば、もう一つ武器になる要素が帝国にはある。それは大使である彼自身であった。グレンバー・ギ・エルギンはエルフ、エルギンの森部族の族長なのだ。

そもそも彼が大使として登用されたのも、彼の能力や見識が認められたからでもなければ、宮廷内政治的な力関係がどうこうといった複雑な力学が働いたからでもない。全ては銀座側世界の住人達が抱いている、亜人種族への好奇心と憧憬心を利用するためなのだ。

それが本当ならば、随分と他人を小馬鹿にした理由であり、グレンバーもその事実を知った時は唖然とした。自分の精神がひねくれているから、過剰に被害者意識を抱いてしまっているのだと自らを疑ったくらいだ。しかしそれは、被害妄想の入り込む余地のあるものではなかった。なにしろ女帝本人の口からそう聞かされたのだから間違いようがないのである。

女帝は宮廷に召し出したグレンバーに勅任状《ちょくにんじょう》を手渡す際、こう告げた。

「我が帝国に対するニホン人の印象はすこぶる悪い。帝国の兵がギンザの地に突如として乱入し、多くの民草《たみくさ》を戦禍《せんか》に巻き込み殺《あや》めたのだから当然と言えよう。しかし講和を結び、これから親しく誼《よしみ》を結ぼうと約定を交わしたからには、悪印象をそのままにしておく訳にもいかぬ。大使としてニホンに赴《おもむ》く者には、その悪印象を払拭《ふっしょく》するという重い任務を担ってもらわねばならぬ。そのために卿《けい》を登用することにした。理由は他でもない、卿がエルフだからだ」

大使として赴任する者は、帝国に攻め込んだ軍人を思わせるヒト種男性や、ゴブリンやオーガーといった怪異を思わせない姿形であるほうがよいというのである。

「……もちろん別の理由がない訳ではないが、それが主たる理由だ。いいな？」

女帝はコホンと咳払いしつつそう念を押した。

これを聞いたグレンバーはしばらく愕然《がくぜん》としていたが、やがて開き直ることにした。

そういうことが理由ならばと、東京に開設した大使館のスタッフには、親友アー・ド・モアを指名し、武官、書記官、理事官も徹底的に亜人と女性、そして魔導師で固めたのだ。もちろん帝国人ヒト種男性もいるが、それは情報活動とか裏方任務に従事する者に限った。

おかげで大使館は、訪れた日本人および他国人が「浦安のねずみーらんどみたい」と囁くような環境になったのだ。

帝国に対する悪印象を抱えて大使館にやってきた者も、手のひらに乗りそうな妖精に出迎えられれば驚き、少なくとも悪感情を面と向かってはぶつけにくくなる。とりあえずは冷静に話し合うという姿勢になるのだ。

「ところでエルギン閣下……」

魔導師アー・ド・モアは端整な表情を崩すことなく大使の名を呼んだ。

「閣下はやめてくれよ、君と私の仲ではないか？」

「だが公私の別は付けないとね、ちょっと気が緩んだ時に、普段の癖が出たら大変だろう？　特に大勢のお客様や部下達がいる中で、君と僕の関係を勘ぐられるのはいささか問題だ。だからこれは君が慣れるべきことなんだ」

関係を勘ぐられたくないと言いながらも、二人の青年は同性同士としてはやや近すぎる距離で話している。それが、執務室の壁際に控えている想像力豊かな武官を筆頭に、秘書、書記官の女性達にたっぷり楽しまれていることにも気付かず彼らは話を続けた。

「で、一体何の用だね？　アー・ド・モア参事官」

「閣下はアヴィオン王国という国を知っているかい？」

「寡聞《かぶん》にして知らない名前だ。こちら側の世界には、実に多くの国があるからねえ。たしか一九五ヶ国だったか？」

「ニホンという国が承認しているこちら側の国は、一九六ヶ国。他には未承認の国が二～三あるはずだ」

「聞く度に驚きを禁じ得ないよ。この世界では、とりあえずそれらの国がどこにあるか、何という名なのか、情報が整っているのだからね。そしてその情報のほとんどを、このトウキョウにいながらいつでも引き出すことが可能。高度情報社会、畏怖《いふ》すら感じるよ。で、そのアヴィオンがどうかしたのかい？　例によって、我が帝国との交流を求めて接触を図ってきているのかい？」

「いや、実を言えばアヴィオンは我々の世界の国だ。私も知らなかったので、麗《うるわ》しき一等書記官殿に尋ねたら、知識豊富な彼女は、碧海《へきかい》の中央部にあった島国の名前だと教えてくれた。帝国の名目上の属国の一つだったそうだ」

『名目上の属国』というのは帝国と交流するにあたり、形式的ながらも君臣関係を結んだ国のことだ。冊封国《さくほうこく》と呼ぶのが正しいかもしれないが、既存の言葉が意味しているそれに比べると、もう少し緩やかな関係であった。

「確かに我々の世界にも数多の国があったね。それで？　その国がどうしたって？」

「今、その国の王女が来ている」

「ここにかい？　王女が？　そんな約束、予定に入れていたかな？　それとも今日の招待客リストに載せ忘れたかな？」

グレンバーは首を傾げ担当秘書を振り返った。

すると手乗り妖精の秘書は慌てて手元の書類を確かめると、頭を振ってそんな予定は入っていないことを告げた。

執務の類は秘書たる彼女の手でしっかり管理されている。人間というのは時にミスをする。グレンバーだけなら誰かと交わした約束を失念してしまうこともあり得るが、彼女と二人で管理していればその可能性は限りなく少なく出来るのだ。

するとアー・ド・モアが言った。

「本日の参加者名簿にもないよ。向こうがこちらの都合も考えずに一方的に押しかけてきたんだ」

「なんでまた？　まさか招待もされてないのに宴に参加させろと言ってきたのか？」

こうした催しを開くと、時折そういう人物が現れる。自分に招待状が届かないはずがない。主催者がお茶目にも招待し忘れただけなのだと思い込んで、お呼びでないのにやってくるのだ。その手の人物に丁重にお引き取り願うか、親しみを込めて迎え入れるべきかは、その都度判断しなければならない。

「いや、それもない。そもそも今日宴を予定してること自体知らなかったみたいなんだ。だから平服で来ている。詳しい事情はもちろん聞いてないけど、そのあたりは本人に直接尋ねたほうがいいかもしれないね」

「一国の王女がわざわざ訪ねてきたのなら、門前払いする訳にはいかないよね？」

「もちろんさ。ただし最終的に決定するのは閣下だけどね」

言いながら参事官は、その選択が得策ではないと仄《ほの》めかしていた。もちろん大使は親友の意図に素直に従った。

「まだ、宴が始まるには時間があるから、それまでに済ませてしまおう」

「分かった。では王女を応接室に案内しておくよ。少ししたら来ておくれ」

アー・ド・モアはそう言うとグレンバーの執務室を出たのだった。

こうして帝国の駐日大使グレンバー・ギ・エルギン伯爵の前に、ピンク色の髪をした女性と黒い服の少年従者が立つことになったのである。

「初めまして、大使閣下。本日はプリメーラ殿下をご紹介いたします」

黒衣の少年が恭しく礼をして、プリメーラを紹介する。その姿に、グレンバーは目を瞠《みは》った。若々しい『少年』の美貌に、心を奪われたのだ。

「ようこそおいでくださいました、姫殿下。……じゅ、従者は……ご苦労である」

グレンバーは宮廷儀礼に従い、アヴィオン王国の王女に恭しく一礼した。

一国の王女ともなると、どれほど小国でも伯爵に過ぎないグレンバーからすれば上席になる。相応の礼遇をするのが文明国としての振る舞いなのだ。

薄桃色の髪の女性は、軽く顔を伏せたまま答礼した。

王女はグレンバーと目線を合わせようとしない。僅かにグレンバーの耳に視線を走らせると黒髪の少年に囁いた。

「大使閣下。プリメーラ姫殿下はこうおっしゃっておいでです。何やら宴の準備中だったご様子。そんな中に突然押しかけてきたわたくしの非礼を咎《とが》めるどころか、このようにご親切にしていただき、本当にありがとうございます、と」

「いえ、帝国の大使館は一国の王女の前で閉ざす門扉《もんぴ》を持ち合わせておりません。それに貴女のような麗しい女性ならばなおさらです。もちろん健気な従者である君もだ。君の名前は？」

グレンバーは少年を見据えた。

「名乗るのが遅れました。私はオー・ド・ヴィと申します。アヴィオン王国王女の侍従です」

「して王女殿下、本日は一体どのような御用向きですか？」

グレンバーはプリメーラが顔を上げるのを期待したが、彼女は何故か伏せたままであった。

代わりに少年が答える。

「実は昨日からしばらくの間、ニホンに滞在することにいたしました。その旨のご報告と相談事をしたいと思いまして」

どうやらアヴィオンという国では王族は直接話をしないものらしい。そういう風習の国もあるのかと理解したグレンバーはプリメーラに椅子を勧めた。

プリメーラが腰を掛けるとグレンバーは自分も座った。

「相談事とは何でしょうか？」

「実は、この国の為政者をご紹介いただきたいと思っています」

あらかじめ打ち合わせは済んでいたのだろう。黒衣の少年は、姫の耳打ちを待たずにどんどん話を進めていった。

「紹介……ですか？　それは一体どういう御用向きによるものでしょうか。お話によっては承れることと承れないことがございますので、差し支えなければ理由を教えていただけないでしょうか？」

そこでオー・ド・ヴィが、ティナエ共和国が海賊の出没によって苦しめられていることを簡単に説明した。プリメーラがこの問題の解決に、日本の助けを得たいと考えている、と。

「つまり海賊をニホンに退治して欲しいとおっしゃるのですか？」

「端的に言えば、その通りです」

「それはアヴィオン王国の正式な意思ですか？」

プリメーラが頭《かぶり》を振り、オー・ド・ヴィが続ける。

そもそもアヴィオンという国はいくつかに分裂しており、現在は国の体《てい》を成していない。王室もプリメーラが最後の一人である。今のプリメーラは分裂した祖国のうち、ティナエのために行動している、と。

「では伺い直します。姫殿下のご意思は、ティナエ共和国を代表しているのですか？」

「いいえ。しかしながら姫殿下の父君は、ティナエの統領《ドージェ》。殿下のご決心に反対なさることはないでしょう」

「それはどうでしょうか？」

グレンバーは唸った。

外交は詭道《きどう》だ。下手をすると、国を滅ぼすことにもなりかねない危険な道だ。だから軍事と同じく感情の入り込む余地は全くなく、人間の命ですら取引きの材料としてしまう冷徹さが必要となる。

歴史を振り返れば、当面の苦境を脱するために外国の兵を引き入れて国を乗っ取られた例は枚挙の暇《いとま》がない。一国の代表者が海外から軍を引き入れることを、自分の娘のしたことだからとおいそれと承認するとはとても思えないのだ。

「ティナエはそこまで苦しんでいるのです。もしニホンが介入を決意してくださるなら父はきっと喜んで迎え入れるでしょう」

「甘いですね」

グレンバーはティナエの統領が姫と意思を同じくしているどうか分からない上に、日本が、頼まれたからと言って「はいはい」と簡単に援軍を差し向けてくれるような国ではないことを告げた。

「難しいことは承知しています。それでも何とかならないか、試みてみたいと思っているのです」

「なるほど、それでこの国の為政者と接触したいという訳ですね？」

グレンバーは難しそうに唸った。

そして指先でソファーの肘掛けをしばらく叩きながら考えると、急に表情を変えた。

「よいでしょう。ご紹介いたします」

「⁉」

突然顔を上げるプリメーラ。だがグレンバーと視線が合うと、何かに怯えるように目を伏せてしまう。

「ちょうど、本日の宴に日本の議員がおいでになる予定です。ご紹介しますので相談してみるといいでしょう」

「よいのですか？　招かれている訳ではありませんのに」

自ら口を開いたプリメーラの声は本当に小さかった。

「よいのです。今、この場でご招待申し上げます」

「ああ、本当にありがとうございます」

深々と頭を下げた姫は、何か怖いものでも見るかのように恐る恐る視線を上げた。

だがグレンバーと目が合うと、見てはいけないものでも見たかのように顔を伏せてしまう。そしてまた勇気を奮《ふる》い起こして顔を上げる。終始そんな感じである。

グレンバーは気付いた。この姫は他人と目を合わせることを恐れているのだ。

「別にお礼など結構です。私がすることは、本当にこの国の政治家を姫殿下に紹介するだけなのですから。その上でどのように交渉するかは貴女次第。しかしながらこれが後悔する結果へ繋がらなければよいと危惧しております」

「ご心配に感謝します。しかし大丈夫です。全て承知しておりますので」

「ご配慮をお祈りします。ではここでしばらくお待ちください」

グレンバーはそう言って応接室を後にしたのであった。

やがて客達が集まってきた。

宴席には料理が並び、凛々しく制服をまとった騎士団の女性達があちこちで談笑している。その間を妖精や亜人女性達が給仕しているのだ。

会場に案内されたプリメーラは壁際に立つと、宴席に集まってくる来賓を眺めていた。

「オー・ド・ヴィ……わたくし、服装が地味ではないかしら？」

集まってくる日本人客のほとんどは盛装であった。

この手の催しでは、相応の服装をすることが求められる。

例えば、合衆国海兵隊創立記念式典では、列席する男性は基本的に蝶ネクタイをすることが求められる。式典が陽の出ている間ならモーニング、夜会ならタキシードといった感じで時間によって装いを変える必要があったりもする。社交の場とは、背広一つで通用するような甘い世界ではないのだ。当然、女性に関してもアフタヌーンドレス、イブニングドレスといった相応の配慮が必要だ。

今回は帝国騎士団創立記念の式典。当然相応の服装であることが求められる。

こういう場に列席できるとは思ってもいなかったプリメーラの服装は、アヴィオン文化圏貴族の日常的な服装であった。もちろん一国の大使を訪問するのだから、相応の礼儀に適うようにはしてあったが、とはいえ宴の場に似つかわしいものとは思えなかった。

「大丈夫です。プリメーラお嬢様の衣装は、微行《びこう》される貴族女性の姿に似つかわしいものです。あんまり心配し過ぎるとコロ……いえいえいえ、ご自身のお心を殺すことになってしまいます」

日頃の口癖が出かけたオー・ド・ヴィは慌ててフォローを入れると、とにかく今のプリメーラの装いでも充分に問題がないことを告げた。

「それよりもご覧ください。大使閣下がおいでです」

見れば会場の入り口付近で、エルギン伯が賓客のご婦人方に囲まれていた。

「あの方は女性に人気があるのですね」

「まあ、貴族であり、しかもエルフで美形ですからね。エルフだから年を食ってても姿だけは若いので」

オー・ド・ヴィの声はだんだん気落ちしたように小さくなっていった。それがある種の劣等感によるということは、プリメーラにも分かった。

「貴方だって負けていませんよ。立派な殿方になれるよう頑張ってください」

プリメーラはそう言って従者を元気付ける。実際オー・ド・ヴィの容姿はかなりいい。少年ということを加味しても女性受けするはずなのだ。

しかし少年の心は全く晴れる様子はなかった。きっと、年上の美男子にやり込められた痛い出来事でもあったのだろう。そこでプリメーラは言った。

「それに、あの方は女性に囲まれても嬉しくないと思いますよ」

「はい？」

「あの方が私を見る目には、男性特有の気配がありませんでしたから。あの方は私よりも貴方のほうを多く見ていましたし」

「はい、はい？」

「あの方は、おそらくそういう趣味の方なのです」

「ま、まさかあ……」

「プリメーラ姫殿下、そしてオー・ド・ヴィ君……」

するとその時、二人の前にエルギン伯に負けない美男子が歩み寄ってきた。

エルフではなくヒト種。ただ帝国の正装であるトュガではなく、博士号を有する魔導師の導服をまとっている。おそらくは大使館の人間であろう。

「貴方は？」

オー・ド・ヴィが尋ねる。

「帝国大使館付参事官アー・ド・モアと申します。どうぞお見知りおきを」

アー・ド・モアはプリメーラに挨拶を済ませると、オー・ド・ヴィに話しかけた。

「大使閣下より君達をニホンの政治家と引き合わせよと言われているよ」

「貴方が？」

「ああ。大使閣下も自分が請《う》け合ったことだからきちんと紹介したいと言っていたけど、あの始末だからね。それで私が代役を志願したという訳さ。僕は彼と一心同体だと思って欲しい」

「いっしん？」

「どうたい？」

「君のことを彼から聞いて興味が湧いてね」

「た、大使閣下から、どのようにお聞きになってるのですか？」

オー・ド・ヴィはプリメーラが語った『そういう趣味』に若干の不安を感じた。

「プリメーラ姫には美しい侍童がついていると言っていたんだ。なるほど確かに……君は知的で美しい。彼が心を奪われるのも当然だよ」

「こ、こここころ!?」

耳元での囁きに、オー・ド・ヴィは背筋を震わせた。

「僕と同じ神を信奉しているということでもあるし、どうだろう？　僕達、親交をもっと深めないかい？」

「あ、いや、その、私には、お、お役目がありますので」

女性にモテる美男に嫉妬心を燃やしていた少年が、同性から情欲の目を向けられて怯えている。

その慌てふためく姿を見たプリメーラは、可哀そうだとは思いつつもついつい笑いを堪《こら》えることが出来なかったのである。

10

壁の花という言葉がある。

華やかな舞踏会などの場で、踊りに誘われず、また応じず、時には会話すらも拒んで自ら壁際に立っていることを選んでしまう消極的態度の女性をこう呼ぶ。

彼女達は一体何のために宴の場に出てきたのだろうか？　華やかで陽気な空気に乗ることも出来ず、疎外感を味わい、自分をそういう人間だと骨身に刻もうとしているかのごとき態度を取り続ける。

そういった女性には、声を掛ける側もなかなか勇気が必要だ。自分を壁の花だと思い込もうとしているので壁から引き剥がそうとするとかえって抵抗したりするからだ。

「いえ、いいです！」

「結構です！」

彼女達は、よほど真剣な態度で挑んでくるのでなければ受け容れることはない。

しかしこうした場で、特定の誰かにひたむきに挑む者は少ないから、結局彼女達は壁に張り付いたままだ。おかげで自分はやっぱり壁の花だったと自己を再規定、再確認してしまう。そして自分に声を掛けない男を内心で「根性なし」と罵っていたりするのである。

今日のプリメーラは、その意味では典型的な壁の花タイプの女性に映っていた。

普段なら大勢の男性に囲まれて誘いを断るのに苦労する彼女だが、今日は地味めな服装や周囲に関心を示さない態度などあらゆる点が壁の花であることを主張していた。

おかげで誰からも声を掛けられることがなかったのである。

「今日は、不思議です。いつもは大勢の殿方に誘われて断るのに苦労いたしますのに」

しかしそれは彼女にとっては目的達成の邪魔が入らないという意味であり、ありがたいことでもある。コミュ障のプリメーラにとって、求めてもいない相手から声を掛けられるというのは、相当に強いストレスだったのだ。

未亡人になったことでもあるし、今後は服装を地味にすべきかとプリメーラは真剣に考え始めていた。

「参事官殿、あの方はどうでしょうか？」

その時、次々とやってくる客を物色しながら少年は会場の片隅を指さす。プリメーラがつられてその方角に目を向けると、恰幅の良い男性がいた。年の頃は四十後半から五十代前半であろうか。

「ふむ、彼か。オー・ド・ヴィ君。君は一体彼のどこを見てそう判断したのかね？」

「上等な服地でありながら落ち着いた色使い。綺麗な靴。あとは全体の印象です。彼は他のニホン人から一定の敬意を払われているように見受けられます」

「それだとどうして政治に関わる人間になるんだい？」

「我がティナエでも、十人議員の方々は、自己顕示欲や成金趣味を感じさせる華美な服装を避けていますので。国民から選ばれた者ならば、民に反感を抱かれることをまず避けなければなりません。それでいて品格は保たねばなりませんから、服装も相応になるので。時折、奇抜な衣装をまとう方も出てきますが、そういう方は少ない集団からの強い後押しなら受けられますが、大多数の、つまり主流派には決してなれないので」

するとアー・ド・モアが応えた。

「お見事。確かに彼は、このニホン国の元老院議員。タカナベミチオだ」

オー・ド・ヴィは誇らしげに頷いた。

どうして彼がこんなことをしているのかと言えば、アー・ド・モアがこの会場に集まってきた老若男女の中から紹介を受けたい相手を自ら選べと言い出したからだった。しかも誰が政治家なのかは教えないという条件だった。

つまり自分の眼力で相応《ふさわ》しい政治家を選び出してみろということである。それはプリメーラやオー・ド・ヴィにとっては挑発に近いものであった。

何故こんな意地の悪いことをするのかと思いつつも、オー・ド・ヴィはこの挑発を受けて立った。『黒い手』の一員である彼にとって人物の鑑定は十八番《おはこ》だから、それほど難しいことではないのだ。

「ちなみにどちらの、ですか？」

オー・ド・ヴィは質問した。それは日本について何も知らないだろうと見下してくるアー・ド・モアへのささやかな反撃でもあった。

「ん？　どちらの、とは何のことかね？」

「この国の元老院は二つあったはずです」

するとアー・ド・モアは苦笑した。

「おっと……なかなか侮《あなど》れないね。彼はサンギインという議会のほうに所属している。この国の議会制度を一体どこで調べたんだい？」

「こちらに来る途中で、『じゃーなりすと』と称する者と知り合ったので」

「そうか。ならばある程度の知識はあるという訳か」

「あくまでもある程度……なのですが」

人間は簡単に物事を知っているとも理解しているとも口にしてはいけない。どれほどの書物を読み解いても、どれほどの先達から教えを受けても、それで全てを知ったとは言えないからだ。だから何も知らない者であるという礼節態度を忘れず、他人の話に耳を傾けるべきである。そこに何か新しい発見があるかもしれない。

それは無智の智を知れという古代の哲人が残した箴言《しんげん》でもある。しかしオー・ド・ヴイは別の意味で捉えていた。

相手が何を教えてくれるか、物事のどういった側面を強調して語るか、それで相手が信頼できる人物かを測ることが出来るのだ。自分にとって都合のいいことしか言わないような相手ならば相応に対応するしかない。アー・ド・モアに対してもそういうスタンスで接していた。

「つまりは、甘く見るなと言いたい訳だね。分かった。ならばどうして僕がこのような意地悪をするのか説明するとしよう。ちなみに、その理由も想像くらいはしてるんだろ?」

「皆目見当もつきません」

「そうか? 僕が君達を試すような真似をしたのは、君達が何を求めてここに来たのかを聞いていたからだよ。これくらいのことが判別できないようなら、きっと交渉にすらならないだろうと思ったからね?」

「それで合格ですか?」

「それは僕が決めることではないね。もちろん通訳はしてあげるから、安心して行動を開始したまえ」

自分で相手を見繕ったなら、自分で確かめてみろとアー・ド・モアは突き放した。あくまでも誰と話すかは自分達で選ばせるという態度なのだ。

「分かりました。いかがでしょうプリメーラお嬢様? あの議員に話を持ちかけてみては？」

オー・ド・ヴィは振り返ると、プリメーラに自分が選んだタカナベミチオを交渉相手に選んではどうかと告げた。

しかしプリメーラは頭を振ると、オー・ド・ヴィに囁いた。

「いえ、あの方はやめておきましょう」

「どうしてですか？」

「あの方はこの国を領導《りょうどう》する党与《とうよ》の重鎮かもしれません。しかしその本流にいる方は目新しいこと、冒険的なことを避ける傾向にあります。助けてくださいと頼み込んでも、耳を貸してくれるかどうかも怪しいでしょう」

「ではどういった者を？」

「この国の政治家は民に選ばれ続けることで栄達の道を切り開きます。しかし政治の辣腕《らつわん》を振るうのは本流の中心にいる者達。その外にいる若手は、なかなか手柄を立てる機会が得られない。ならばどこかに目新しいこと、目立つこと、功績を立てるなどして名声を得たいと望んでいる若手がいるはず。我が国の議員に例えるならば……」

「十人議員のシャムロック・ハ・エリクシール……のような？」

オー・ド・ヴィがその名を出すと、プリメーラは頷いた。

「御存じ？　彼はあの赤服を着たいから、『黒い手』統括の役職に就いたなんて噂もあるくらいなのよ」

「それは初耳なので。でも目立つことを求めている者なら……」

オー・ド・ヴィは再び会場内を見渡す。そして一人の男性を指さした。

「お嬢様、あの方はどうでしょう？」

その男は、落ち着いた正装でありつつも、自己主張を感じる斬新さも含めた衣装をまとっていた。自信ありげで挑戦的な目つき、溌剌《はつらつ》とした雰囲気には、ある種のオーラも感じられる。

するとアー・ド・モアはニヤリと笑った。

「彼はホウジョウソウギ……この国のシュウギインという議会の一員だ。三十五歳。かつて総理大臣を務めた父親を持つ二世議員で、若手議員の第一人者でもある。国民の人気もある。ただこの国の政治家は、上が詰まっていてね、若者はなかなか浮上できずにいるんだ」

プリメーラはその解説を聞いて頷く。そして息を大きく吸うと、意を決したように大きく歩き出したのだった。

国会議員になるには地盤、鞄、看板の三つが必要だと言われている。後援組織の力、当人の知名度、選挙資金の多寡《たか》と集金力。全てはこれに懸かっているのだ。

北条宗祇《ほうじょうそうぎ》は、それらの全てを父から受け継いだ。しかし二世議員だからといって、あらゆる面で楽かといえばそうでもない。議員に当選できたとしてもそれを実力とは見てもらえない。常に親の七光りという額縁付きで見られて、何かと親と比較される。そして親に頭を下げていた連中から見下される毎日が待っているのだ。

「ウチの娘が、帝国の騎士団創設記念式典というものに行ってみたいと言っていてね。君、招待されているそうだがなんとかならないかな？　頼むよ」

地元有力者からの頼みとあらば、無下にすることなんて出来るはずがない。結局、有力者の妻と娘を接待するがごとく、帝国大使館主催の式典に連れてきてやらねばならなかったのだ。

「くそっ……これもまた政治か。だがこんなものが本当に政治なのか？」

政治の本流で力を振るいたいならば、選挙に当選し続ける力が必要だ。そしてそのためには彼ら有力者の力が必要。彼らを平伏させたければ、父と同じか、あるいはそれ以上の力を持っていることを示さなければならない。しかし総理になった父を超えるのはそう簡単ではない。

それまでは忍耐の毎日である。宗祇は口の中で小さく罵倒した。

幸いだったのは、会場に連れてきさえすれば、有力者の家族にずっと付き添っていなくてもよいことだ。そのあたりは細君《さいくん》も子供も理解してくれていた。

「ママ、ほらほら、あっちに魔法使いの人がいるよ！　先生ありがとうね！」

彼女達は遊園地にでも来たようにはしゃぎながら、会場のどこかへ消えていった。子守から解放された宗祇は、秘書とともに派閥の先達を見つけては挨拶して回った。

「おお、北条君か！　元気かね？　君のお父さんとは熾烈《しれつ》な選挙戦を一緒に戦った仲だ。言わば戦友なんだよ。あの時はホント厳しかった……」

「はあ、はい、はい……」

たとえ面白くない話でも、笑顔のまま相槌を打ち続けなければならない。そのあまりの退屈さに本気で心が病みそうだと感じた時、背後から声を掛けられた。

「恐れ入ります。先生方……」

振り返ると、流暢《りゅうちょう》な日本語で話しかけてきたのは帝国大使館の男であった。確か……

「参事官のアー・ド・モア氏です」

秘書が氏名を囁いてくれる。

「これはアー・ド・モア参事官、本日はお招きくださりありがとうございます」

救いの神が現れたと感じた宗祇は、先輩議員に失礼と告げ、大使館員に顔を向ける。

そして先輩議員とともに参事官に挨拶をした。

「いえ、我が国との友好の重要性を理解してくださるニホンの議員をお招きするのは当然のことですよ。特にアルヌスおよび特地問題に関する特別委員のお一人であるホウジョウ議員には、我が国のことをもっとよく知っていただきたい。どうぞ本日は、楽しんで行ってください」

「まるで遊園地に来たかのようです。ご覧ください、おかげで後援者の子供達も楽しんでます」

会場のあちこちに妖精がいて、獣耳のある男女がスタッフとして接客している。魔法使いが子供にせがまれて魔法を披露しているという光景は本当に遊園地のようだ。

子供達もはしゃいでいる。海外からの賓客達も感心し通しだ。このまま大使館を遊園地にしたら、さぞ大勢のお客が来るに違いない。

「ただ、この夢のような光景と雰囲気を無邪気に楽しむには、私の魂はいささか汚れすぎてしまっているようです。この情景を遊園地で再現したら、経済効果は一体どれほどになるかとついつい考えてしまうのです」

宗祇の言葉に、髙鍋《たかなべ》ら先輩議員達が笑った。

「経済効果、雇用は何人くらい、得票数がどれくらいになるか、か？　君、さすがにそれは職業病だよ」

アード・モアも楽しげに頷きながら同意した。

「大人というのは、得てしてそういうものです。何でもない風がそよぐ様子にすら、何かを得る可能性、失う可能性、その予兆を感じたり悟ったりして縛られる。平和こそが繁栄の道であると分かっているのに、乱を求める者がいる。そしてその気配を感じて怯える小鳥もいる」

話の脈絡からいささか外れる話の展開に、宗祇は意識を止めた。

「参事官、何かご心配事でも？」

「どうも、ここ最近我が国とニホンが、平和の果実を享受していることを面白くないと思っている者が増えている様子です」

「実害は出ているのですか？」

「いえ、まだです。しかし放っておくと、面白くないことになるのではないかと。問題の種も根を張る前ならば取り除くことも簡単ですから」

「では、早速担当省庁の者に対策がどうなっているか尋ねておくことにいたしましょう」

政府担当者に注意喚起をしておくと北条は告げた。

「是非ともお願いいたします。しかしながら真に大切なことは、そのような奸計《かんけい》に屈することのない友好関係を両国の間に築き上げること。皆様にも、どうぞご理解とご協力をお願いいたしたく……」

「もちろんですとも。我々も微力ながらお役に立ちましょう」

髙鍋ら議員達は上機嫌そうに胸を叩いたのだった。

その時、四方から羽根つき妖精やエルフの書記官達がやってきて議員達に話しかけた。

「お酒のおかわりはいかがですか？」「お料理です」「先生、一緒にお写真を」

そうして北条が一人だけとなるとアー・ド・モアが囁いた。

「ホウジョウ先生。実は、ご紹介いたしたい方がおります」

「どなたです？」

「こちらのご婦人です」

アー・ド・モアは振り返ると、いつの間にか背後に立っていたプリメーラと、その従者オー・ド・ヴィを紹介したのだった。

通り一遍の挨拶、自己紹介、そして社交辞令。アー・ド・モアを通訳に挟んだそれらのやり取りを無事終えると、オー・ド・ヴィは早速本題に斬り込んだ。特地にティナエという国がある。そして海賊に襲われて民草が苦しんでいると告げたのだ。

「なるほど、海賊ですか？」

「この海賊は、これまでにない進んだ武器を有しており、我が海軍も手を焼いているので。そこでニホンの方々に手をお貸し願えないかと思いまして」

「そうですか。ふむ」

宗祇はアー・ド・モアの翻訳を聞くと、握り拳を口元に当ててしばし唸った。

「しかしなかなか難しいかと……」

「そうでしょうか？　私はそれほど難しいとは思えません。ニホンの軍船はバーサにまで進出しているので。そしてニホンの力は非常に強力で圧倒的。その軍船をほんの少しばかり先のアヴィオン海にまで差し向けてくださるだけでよいのです」

北条はさらに考え込んだ。

「言うは易《やさ》しくとも、行うはなかなか難しい。我が国には我が国の事情があります」

プリメーラは、北条の態度を見ているうちにはたと気付いた。この男が考えているのは、どうやってこちらの頼みを実現するかではなく、どうやって穏便に断るかなのだ。

「事情とはなんですか⁉」

その態度にプリメーラは苛立った。放たれた言葉は当然特地語であるから通じない。

だが、だからこそ相手は言葉の響きに敏感になる。そのため詰《なじ》る感情はしっかり伝わった。しかもアー・ド・モアがそのまま訳したものだから、北条宗祇も少しばかり硬い態度で返事をすることになった。

「まず第一に、我が国の憲法には、自衛のため以外の理由では力を行使しないという条文があることです。それに遠い国の出来事に我が国が関与しなければならない理由もない」

「では、あなたは他所《よそ》の国のことならば、不正義や悪が行われて苦しむ者がいたとしても、それを放置しておくとおっしゃるのですね？」

はっきり言ってその通りです。我が国にはアヴィオンもティナエも知る者はほとんどいないのですから。そんな国のためにどうして我が国の若者の命を危険に曝《さら》さねばならないのですか？

宗祇はそう言い放ちたい気分になった。

しかしその挑発には乗らない。ジャーナリストや活動家の一部が、自分と対立する政治思想を持つ者を煽り、失言を誘って貶《おとし》めようとするのは既によく知られていることだからだ。こんなことを実際に口にしたら、会話の脈絡を無視した悪意の編集がなされ、北条宗祇は薄情であると喧伝されてしまうだろう。それに対する警戒心が働いたのだ。

しかも薄桃色の髪の女性は、顔を伏せてこちらを見ない。さらに間にはアー・ド・モアの通訳を挟んでいる。売り言葉に買い言葉で感情がヒートアップしていく状況ではなかった。

宗祇は努めて穏やかな態度で告げた。

「その国の出来事は、その国が努力すべきことです。その上で力が及ばないために助けを求めてくるのであれば、政府の外交当局者同士がよく話し合って、何が出来るかを検討することになるでしょう」

「それでは間に合いません！　今、この瞬間にも船が襲われ、積み荷は奪われ、乗組員達は奴隷となるか海賊の仲間になるかの二者択一を迫られているのです」

すると横にいた少年が前に出た。

「海賊ハ一国ダケノ問題デハナイノデ。実際ニホンダッテ、遠イ他所ノ海ニ軍船ヲ派遣シテ海賊ノ取リ締マリヲシテイルデハナイデスカ？」

それまでアー・ド・モアの通訳を介していたのに、辿々《たどたど》しいながらも日本語で話し始めた少年に宗祇は目を瞬かせた。

「君、日本語が？」

「少シダケ……ベンキョ、シマシタカラ」

アー・ド・モアは、それを聞いて天を仰《あお》いだ。この少年は、アー・ド・モアが正確に通訳する傍らでじっと様子を窺《うかが》っていたのだ。

「君が言っているのは、ソマリア沖・アデン湾の海賊対処活動のことだね。しかしあの海は我が国の船が年間約千六百隻も往来して我が国民の暮らしを支えている。その重要な海上交通路で船が脅《おびや》かされることは、我が国の国民の暮らしに直結するんだ。それに海賊対処は警察活動であって、武力行使とは異なるものだ」

「ケイサツカツドウ？　ブリョクコウシ？」

二つの言葉の違いを理解できなかったのか、オー・ド・ヴィは再びアー・ド・モアに通訳を求めた。そして若干の説明を聞いた後に、また話を続けた。

「アヴィオン海の海賊の跳梁《ちょうりょう》を見逃していれば、奴らはますます図に乗って活動範囲を拡大していくことでしょう。いずれアヴィオン海以外にも手を伸ばすかもしれません。いえ、それは間違いなく確実です。どれだけ遠くとも、海は繋がってるのですから、バーサやアルヌスにもきっと影響するはずです」

「確かに、その日はいつか訪れるかもしれない。けど現実としてまだ起きていない。『かもしれない』の言葉だけでは、介入する理由にはならないんだ」

宗祇は慎重に言葉を選んでいる。必然的に翻訳するアー・ド・モアも慎重にならざるを得なかった。その態度がまた苛立つのか、プリメーラが口を開く。

「では、悪を放っておくのですか？」

いかにもプリメーラの使いそうな言葉だった。

宗祇はゆっくりと返した。

「今、姫は悪とおっしゃいました。しかし事の善悪の判定は努めて冷静かつ慎重に行わなければなりません。物事というのは、立場を変えれば善が悪に、悪が善に見えることもあります」

「海賊行為が悪以外のなんなのです？」

「貴女の目には確かにそうでしょう。しかし我々は、誰かの言葉だけでそれを判断するようなことはしないのです。その海賊が、破壊的な独裁者に対するレジスタンス活動だという可能性だってあるのですから。圧制者の側は、それをテロや犯罪と称して取り締まり、我々にも協力するよう求めてくるのです。あるいは傍観をせよ、とね。貴女はご自身の国がそれをしていないと、この場でどうやって証明できるのですか？」

「そ、それは……」

プリメーラは言葉を詰まらせてしまった。感情に流されやすい面はあってももともとが聡明なだけに、言葉だけで誰かの有罪を証明するなど不可能だと分かっているのだ。

するとオー・ド・ヴィが言った。

「では、是非ティナエに来た貴国の外交官や兵士に、事実を問いただしてください。そうすればあそこで何が起きているか、事実の断片なりともご理解いただけるはずです……」

通訳していたアー・ド・モアは苦笑し、帝国の外交官としてこの件に急に興味が湧いたと呟く。

「我が国の外務省の人間と自衛官が貴国に赴いているのですか？　それは知らなかった。早速、政府にそのあたり尋ねてみることにしましょう」

北条宗祇はそこで口をつぐんだ。それ以上、何かをするとか後で回答するとか、そういった約束を匂わせたり、言質を与えることは一切しなかったのである。

こうしてプリメーラの一回目の工作交渉は、終わりを告げたのであった。

＊　＊

「どうでしたか？」

騎士団創立記念式典の会場から去って行くプリメーラとオー・ド・ヴィの背中を見送

りながら、アー・ド・モアは北条宗祇に感想を求めた。

「若くて美人、魅力的な女性ですね」

「ええ、そうです」

「しかしチヤホヤされてきたからでしょうか？　自分にとって都合よく物事が進んでいくと思い込んでいる。誰もが自分の言葉に耳を貸すだろう、自分が正しいと思っていることは自然に叶うだろうと思っている」

「ええ、実際そのような態度でした」

「だとしたら、とんでもない甘ちゃんだ。しかも他人を説得するのにお付きの者に喋らせて自分の言葉で語ろうとしない。あれでは、あちこち頼んで歩いても、誰からも相手にされず、すがりついて泣きついて最後には誰かの甘言に引っかかって騙されるのがオチ、といったところでしょうか。そういった人間は、自分の無力さを他人のせいにして、感情的になって悪口雑言《あっこうぞうごん》を並べ立てるようになる。そのあたりがいささか心配になります」

「これは手厳しい」

アー・ド・モアは苦笑した。

「しかしそれが現実です。国際政治の世界では、あのようなやり方は全く通用しないということは貴方とてご存じでしょう？」

「もちろんです。氷山は風に吹かれて動いているように見えますが、実際には海の流れに従って進むもの。国際政治も同じ。物事は風向きではなく、海の底での流れを見極めることこそが最重要なのです」

「それが分かっているのなら、あの方をどうして私に引き合わせたりしたのです？」

「ご迷惑でしたか？」

「もちろんです。政治家なら、この会場に大勢いたはずですから」

宗祇はそんな中から引き合わせる相手として、自分が選ばれて迷惑だったと告げた。

「実を言いますと、貴方を選んだのは私ではありません。会場にいる政治家達の中から、彼女達が北条先生、貴方をと選んだのです」

「そのことに、貴方は関わってない？」

「はい。私は何の示唆《しさ》もしていません。そのことが何を意味するか、ご理解いただけますね？」

「つまり彼女達は偶然にしろ、何か別の理由があるにしろ、大勢の中から私を選んだ。つまりそれだけの眼力は持っているという訳ですか？」

「はい、そうです」

「ふむ、なるほど。もしそれが偶然でないのなら、先ほどの評価も変更しなければならないかもしれませんね。あの女性は、きっと別の形で私の前に立つことになる……」

アー・ド・モアは面白げにほくそ笑んだ。

「その時が来たらどうなさいますか？」

「もちろん。さっきよりはもう少しばかり真面目に話を聞いてやりますよ」

北条宗祇はそう言うと、手にしたグラスの酒を一気に飲み干したのであった。

＊　＊

「あの男をどう思われましたか？　プリメーラお嬢様」

騎士団創立記念式典の会場を後にしたオー・ド・ヴィは、歩道を行く人の流れに注意を払いつつプリメーラに北条宗祇という男の感想を求めた。

「自信家ですね。自分を賢いと思っている。そして実際にその通りで、現実的で冷静で隙がありません。腹が立つくらいに攻め手が見つかりませんでした」

プリメーラは様々な方法で宗祇の感情を揺り動かそうとした。しかし宗祇は、徹頭徹尾プリメーラとオー・ド・ヴィに冷徹な態度を取り続けたのだ。

「どうします？　別の政治家を探しますか？」

「いえ、彼を説得できないようでは、この国の力を借りることなど出来るはずがありませんから。彼は有能です。その彼が私達に協力的になってくれたら、さぞ頼りになるでしょう」

仮に与《くみ》し易い政治家が見つかったとしても、そんな人間が議会で力を持っているはずはないし、他の議員を説得できるとも思えない。それでは国や集団の意思を動かすことなど出来ないのだ。

「おっしゃる通りです。しかし彼一人に拘泥《こうでい》することもまた得策ではありません」

出来るだけ多くの政治家に会って話をするべきだとオー・ド・ヴィは告げた。

「大勢に触れれば触れるほど、彼らの中で立ち話の話題になってくれるかもしれません。そうなれば彼とて、これを遠い国の出来事という感覚ではいられなくなると思うのです」

「貴方の言う通りね。今の私達には、彼を説得できるような手札がないのも確かだもの。何とか手立てを考えなくてはなりません。しかし考えているばかりでは何もしないのと同じ。貴方の進言を受け容れましょう。時にオー・ド・ヴィ、『黒い手』では裏社会の者に、こちらの要求を相手にどうしても呑ませたい時、どのようにしていますか？」

「そうですね。何か本人の生活を見張って弱みを探り出し脅迫するか、時間がなければ家族を誘拐するという手も使います。それとなく仄めかして、対象の友人や盟友の遺体を転がしておくというやり方も良い方法の一つです。それらの手法が適さない相手の場合は買収という手もあります」

「そ、それは……」

悪逆としか言えない手法を羅列され、プリメーラは歩みを止めた。

まさかそういう答えが返ってくるとは思っていなかったのだ。何か特殊な説得術があるのではないかと思っていたのである。

しかし侍従の少年は、表情を変えずに告げた。

「もちろん、今回はそれらの手法は適しません。脅迫するには組織の力が必要なので。帝国はニホンとの関係を重視していますから、手を貸してくれるとも思えない。買収も資金の問題があります。ですから別の方法を考えます。しかしプリメーラお嬢様、国際政治の世界は、裏ではそういった手段もまた当然のように行うし、行われるのだということはご了解ください……」

「そ、そうね……分かりました」

プリメーラは、オー・ド・ヴィがそのような手法を用いないと言ってくれたことに安堵した。だが『黒い手』ではそれを行っていた。すなわち父が必要とあらば危うい手段も辞さない人間であったということである。

プリメーラはその父の娘だ。そしてティナエという国の民でもある。それはつまり、たとえ知らなかったとしても、自分の手がすでに潔白ではないということを意味しているのである。

11

ティナエ政庁――

正式名称『碧海の美しき宝珠《ほうじゅ》ティナエ』の政庁は、ここひと月ばかり重苦しい空気に包まれていた。

吏員《りいん》達は誰もが悲観的になり、根拠のない憶測やデマを語り合っていた。

「おい、聞いたか？　シーラーフの艦隊が全滅したそうだ。シーラーフ侯爵公子は戦死し、同行していたプリメーラ様もお亡くなりになったそうだ」

「なんだって⁉　外国の救援も得られないとなったら、もうティナエはお終いだぞ！」

「とある十人議員なんて、資産を安全な外国に移し始めたという話だぞ」

「ま、まさか自分だけ逃げだそうってのか？」

「親友の知り合いが、友人から聞いたと言うから間違いない」

もちろん大きな声では言えないから声は潜めている。しかし一人二人ならまだしも、十人二十人がそんなひそひそ話をしているものだから、庁内に流れる空気は必然的により一層重苦しいものになっていた。

とはいえ誰もが流言の奴隷となっている訳ではない。噂を耳にしても簡単には信じない者も多かった。特に責任ある地位にある者は、庁内に流れる否定的な空気に憤っていた。

「シーラーフの艦隊が海賊などに敗れるなんてあり得んだろう？」

「そうだ。きっと何かの間違いだ。嘘に惑わされるなどけしからんことだぞ！」

「そもそも一体何を根拠にそんな噂が流れたんだ？」

調べてみると、次のようなことが分かった。

シーラーフ海軍が現れたと思われる方角の海で、付近を航行していた商船が海に漂う無数の残骸を見つけたというのだ。

それを知るとさすがの彼らも悪い予感を抱いた。しかしシーラーフ侯国は、旧アヴィオン後継国家の座を証明する最後の王女を嫁入りさせてまで得た同盟国だ。その艦隊が容易に破られるはずがない。いや、破られてしまっては困るという認知バイアスめいた心情が、彼らに屁理屈のような言葉を口にさせた。

「それらは海賊に襲われた商船の残骸であろう？」

「海流の都合で、あちこちの残骸が一ヶ所に集まってくるということはある。それがたまたま艦隊規模の船の残骸に見えてしまったのだろう？」

「もう少し待てば、シーラーフの艦隊はきっとやってくる。我々は必ず救われるのだ」

彼らの反論は庁内に流れる噂に対して一定の効果があった。庁内に立ちこめていた重たい空気は、「シーラーフの艦隊はきっと必ずやってくる」という彼らの噂によって、どうにか薄められたのである。

だが、少し遅れて有力な証言と証人が現れた。漂流する残骸にしがみつき、かろうじて命を取り留めたシーラーフ軍の水兵が救出されたのだ。

ただ、彼らを発見し収容した商船の多くは、外国へ向かう航路をとっていた。そのため正しい情報が届くにはその船が目的地に到着し、改めてティナエに戻ってくるまでの時間を必要としてしまったのである。

『シーラーフ艦隊全滅。侯爵公子戦死！』

こうして否定しようのない事実が判明した。

プリメーラをシーラーフに送り出してから、その艦隊が東の水平線に姿を現すのを心待ちにしていたティナエの統領、ハーベイ・ルナ・ウォールバンガー、そしてティナエの十人委員達は冷厳な現実を前に立ち尽くすことになったのだ。

「た、対策を講じなければ」

「といっても、どうやって？」

議員達は連日連夜集まっては、対策を討論した。

「シーラーフに改めて援軍を求めてはどうか？」

「外国の軍隊なんて当てにならないことはこれで分かったはずだろう！　今こそ、挙国体制で海軍艦隊を再建して海賊どもに挑むべきだ！」

「商人の財産を全て取り上げ、国民全てを兵士にしようというのか？」

「その通り。国民が一丸となって戦えば数の力で海賊共を倒すことも出来るはず！」

「馬鹿を言うな！　ティナエは商業都市国家だぞ！　財産と自由な商業の保障こそが我が国を栄えさせてきた。それなのに強権を発動して市民やその財産の全てをかき集めるようなことをしたら、全てを否定することになる。国の拠《よ》って立つ信用までも失ったら、海賊を倒せたとしても、その後の国が立ち行かなくなってしまうぞ！」

「そうだ、そうだ！」

「ふん、そう言って実は自分の財産を差し出すのが惜しいだけなのではないか⁉」

「なんだと？」

「侮辱だ。撤回しろ！」

議論は紛糾し、混迷の度合いを深めるばかりであった。

どれだけ討論しても結論が出ないことに苛立った統領は、議論の堂々巡りを防ぐため、もっと多くの見識や意見を求めたいと称して、議事に参加する者を三十人委員、百人委員と拡大していった。

しかし万策が尽きた状況にあって、後から議論に加わった者が口にするのは、「そもそも誰の責任か」という方向性のものばかり。そのため連日の議論も激しい言葉で相手を糾弾《きゅうだん》し、罵り合うだけのものになり、対策を論じることなど出来なかった。

ついには庁内の重苦しい空気が街に漏れ始め、最早留めようもなくなっていた。

「はっ、愚か者共が何人集まったところで、結論なんて出るはずなかろう！」

シャムロック・ハ・エリクシールは、罵り合う議員達、そして重苦しい庁内の様子を見てほくそ笑んだ。

議論百出、議場では混沌が渦巻いている。そして民衆は、そんな代表達に絶望しつつある。

まさにシャムロックの望んだ状況が出来あがっていた。この状況を一気に打開する術を提案する者がいたとすれば、その者こそが今後のティナエを領導する立場になる。たとえ今の時点では十人議員の末席でしかないとしても、民衆の後押しを受けて第一人者に躍《おど》り出ることが出来るのだ。

「それはつまり俺だ。この俺こそが、ティナエを救うって訳だ」

シャムロックは執務室からティナエの街並みを見渡した。それが己の物になる時が来たのだという興奮に打ち震えていた。

問題はどうやって自分の名を市民達の心に刻み込むかだ。

シャムロックの提案が無能な議員達によって却下されることが第一段階。

しかし希望を失わないシャムロックが、民衆に己の案を提示するのが第二段階。

それが民衆に認められて、見事成功する。これが第三段階だ。

さすればどうやって民衆に案を提示し、その後押しを受けるかだ。議会に出席して自案を提出し、否決されるという演出は簡単だ。

第二に民衆に方策を提示し、第三にそれが支持されること。そこが問題だった。ティナエには民会は存在しないから、直接語りかけることも賛同の決議を得ることも出来ない。

だから『黒い手』を用いる。『黒い手』に噂を流布《るふ》させて、市民達を煽動《せんどう》するのが一番だった。

政府の要職にある者が、この危機に財産を外国に移し始めた。

海賊と影で同盟を結んでいるに違いない。

自分の身内だけを逃がしている。

そうした情報を立て続けに流していく。真実が確認される前に次から次へ。そうやって民衆が不安になる情報を流していけば、いずれ怒りに立ち上がるはず。

「いっそ馬鹿共を煽動して政庁を取り囲ませるか。感情的になった奴らが、一人一人燭台《しょくだい》を手に集まれば、さぞ面白くなるだろうな」

そこでシャムロックが皆を前に希望を説くのだ。

民主制が衆愚制に転落するのは、感情的になった民衆が煽動に乗ってしまう時である。

その瞬間に民主制の長所は短所に乗っ取られる。市民は我が身可愛さに利己的になり、政治家はリスクをとった決断が出来なくなり、衰退へと真っ逆さまに落ちていく。あるいは強権的、強圧的な独裁制へと向かって全速力で疾走を開始する。

どちらも民衆にとっては不幸でしかない。しかしながら、その状況こそが権力の簒奪《さんだつ》を狙う者にとっての好機なのである。

シャムロックは、政庁前に集まった群衆が救世主となった自分の名を連呼している情景を思い浮かべていた。

その時、彼の三つ目美人秘書イスラ・デ・ピノスが執務室に駆け込んできた。

「シャムロック！　聞いて聞いて大変よ！」

妄想で悦《えつ》に入《い》ってだらしない笑みを浮かべていたところを見られたかと思ったシャムロックは、咳払いを一つして即座に取り繕った笑顔を秘書に向ける。

「ど、どうしたんだ、イスラ？」

だが目敏《めざと》い彼の秘書は、三つ目の瞼《まぶた》を瞬かせた。

「もしかして、何か楽しい空想でもしてた？　美女が微笑んでくれた？」

「んな訳ないだろう？　一体何の用だ。早く言え」

イスラは、「あらそう？」とばかりに三つの瞳を一回転させる。そして話を続けた。

「行方不明になっていたプリメーラお嬢様から手紙が届いたのよ！」

「なに？　あのお嬢様が、生きていただと!?」

「そうみたい」

ティナエ近海で救出された水兵の中には、オデット号の乗組員もいた。

その証言で、オデット号はシーラーフ艦隊の生存者の捜索にあたっていたところを鎧《よろい》鯨《くじら》の群れに襲われて沈んだと判明した。当然プリメーラ達の生死は不明であり、ほぼ絶望視されていた。

しかし鎧鯨の群れが何者かによって倒されたという情報もあり、そこからプリメーラ達やシーラーフ侯爵公子も生きているのではないかと囁かれ、どちらとも判別できなかったのである。

「詳しく話してくれ」

「あたしの話なんかより、これを読んだほうが早いわね。お嬢様に同行させた、ほら、『黒い手』のオー・ド・ヴィ……彼からの報告書よ」

「なんだ⁉ 奴も生きてたのか」

あからさまにガッカリした顔をしてシャムロックは手紙を開いた。

そこには、シーラーフを発《た》ってから海賊艦隊に遭遇し、シーラーフ艦隊が壊滅したこと、海賊艦の追跡を受けつつなんとか撃退したものの、オデット号は鎧鯨に襲われて沈んでしまったこと、その後一行はニホンの軍船に拾われ、エルベ藩王国のバーサ市に辿り着いたことなどが簡潔に書かれていた。

「これは不味《まず》い……」

シャムロックは憎々しげに舌打ちした。

この報告は、シーラーフ艦隊が海賊艦隊によって待ち伏せられていたこと、そして海賊が新しい兵器を揃えていたことなどにも触れていた。

特に不味いのは、シーラーフ艦隊を海賊が待ち伏せていたことだ。シーラーフ艦隊の行動予定を知っていたのはシーラーフの人間。そしてオー・ド・ヴィから報告を受けていた『黒い手』の幹部達だけである。

オー・ド・ヴィはシーラーフ内に海賊の諜報員が存在している可能性を仄めかしつつも、『黒い手』の内部に、海賊と結託して情報を漏洩《ろうえい》している者がいる公算が最も高いと指摘していた。

「この報告書は他の奴は見てないな？」

シャムロックはこの報告書を握り潰してしまえないかと考えた。しかしイスラは頭を振る。

「一緒に届いた手紙には、プリメーラ嬢からお父様に宛てたものと、シュラから海軍艦隊本部長宛に送られてきたものもあったそうよ。その手紙一通を握り潰すなら、それらも一緒に始末しないとおかしなことになるでしょうねえ」

「残りの二通は？」

「あたしの手元にある訳ないでしょ？　もう、それぞれ宛先に届いている頃よ」

「くそっ……どうして届けるのを止めさせない！」

「あたしを責めないでよ！　一介の秘書に、手紙を中途で差し止めるなんて真似が出来る訳ないでしょ？　報せを持ってきただけでも褒めて欲しいのに！」

「そうだったな。悪かった」

シャムロックは額に手を当てた。

「その手紙に、これと同じ内容が記されていたら、この一通を始末したところで意味はない。それどころか、情報を隠そうとしたという理由で俺が疑われることになりかねない。これから『黒い手』のどこから情報が漏れたのかと厳しい詮議が始まるだろう」

議会では誰が悪い、誰のせいだという責任の追及と糾弾が渦巻いている。そんなところにこの報告が投げ込まれたら、『黒い手』を統括するシャムロックが生贄になるのは目に見えていた。これまで一人局外者を気取っていたシャムロックが、突然騒動の中心に置かれることになる。

「まずい。これはまずいぞ」

「そんな事態は何としても避けて欲しいわね。あたしとしても、お給料をくれる相手はシャムロックぐらいに気前のいい相手であって欲しいもの」

「なんだよ。俺に付いてるのは給料がいいって理由だけか？　俺がいい男だからとか、そういう理由はないのかよ?」

「気を付けなさい。思い上がりもある程度なら自信の表れだと思って可愛く感じるけど、度を超えると途端に鼻につくから」

イスラの指摘にシャムロックは深々と溜め息をつく。そして立ち上がると、赤い外套《がいとう》の襟を整え始めた。

「何、どこかに行くの?」

「これから、ハーベイのところに行ってくる。奴のところに届いた手紙の内容について何か分かるかもしれないしな」

「そうね。そうするのがいいわね。そして頑張って、いつ飛んでいってもおかしくない首の皮をどうにか繋ぎ留めていらっしゃい」

「上手くいったらご褒美をくれるか?」

「頑張ったら、あめ玉くらいあげてもいいわよ」

「ったく……仕方ないなあ」

ウインクするイスラに、シャムロックは困ったように肩を竦《すく》めたのだった。

シャムロックは統領府に向かうとハーベイの執務室を訪ねた。

そこではハーベイが執事と何やら話をしている真っ最中であった。

「とにかく、エルベ藩王国のバーサに、金貨百シンクを送れ。この手紙とともに大至急、いいな？　そして娘からの続報が届いたらすぐに儂《わし》の下に持って参るのだ。いいな？」

「かしこまりました、旦那様」

執事が深々と一礼する。そして執務室を出ていった。

シャムロックは長く統領に仕えている初老の執事とすれ違う瞬間、軽く黙礼し合った。

そしてそのまま進んで統領の前に立った。

「統領閣下」

「おお、シャムロックか。その様子では、既に聞いているようだな？　朗報だ、諦めかけていた娘が生きていてくれたぞ！」

「私のほうにも、お嬢様の侍従として同行させている『黒い手』の一員から報告書が届いております」

「そうか、その者も無事だったのだな？　その者は優秀か？」

「私があえて選んだほどの者ですよ」

「それほどの者が傍にいてくれるなら一層心強い。では一連の出来事の説明もいらぬな？」

「はい」

シャムロックは内心で舌打ちしつつも、自らの下に届いた手紙を統領に差し出す。ハーベイはそれを軽く一読し、プリメーラから送られてきた手紙とほぼ内容が同じであると告げた。

「つまりシーラーフの侯爵公子ディジェスティフは、ティナエ沖の海賊との戦いで戦死したという訳だ。シーラーフ艦隊も全滅。実に残念でならない」

「アヴィオンをまとめていけたかもしれない人材が失われたことは、残念でなりません」

「ふん、心にもないことを」

「いえ、本心からです。死んでしまった人間の評価にまで、私は嘘を申しません。死者はどれほど持ち上げても無害ですから」

「そうか、ならばよい。いずれにせよ、プリムは未亡人になってしまった。これから娘の身柄をどうするか考えねばならん。シーラーフに戻すか、我が国で引き取るか。シーラーフ侯国はこれからどうなる？　君の見解を聞きたい」

「公子を失ったシーラーフの侯爵家は、直系の後継者を失いました。おそらくこれから後継候補者の間で骨肉の争いが始まることでしょう」

「つまり、海賊退治どころではなくなってしまう訳だな？」

「必ずしもそうとは申せません。ディジェスティフの命を奪った憎き海賊を倒せば、復讐を成したことになります。その者は侯爵家後継の候補者として一躍筆頭に躍り出ることとなりましょう。ならば躍起になって海賊を退治しようとする者も出てくると考えられます」

「一層必死になって戦ってくれる訳だな？　それで海賊を掃討することは可能だと思うか？」

「残念ながら」

言いながらシャムロックは厳しい表情を作った。

「どうしてだ？」

「理由は二点あります。シーラーフ艦隊が海賊に待ち伏せられていたという事実が一点。お嬢様に同行する部下は、現場の感触から我が政庁内、あるいは『黒い手』の内部に敵に通じている者がいると疑っているようです。しかし後方にある私の視点では、シーラーフ内部にこそ海賊に通じる者のいる公算の高さを感じます」

「現場と君とでは、見解が異なると？」

「現場の見解こそが正しい場合、あるいは後方から見えるもののほうが正しい場合。両者は常に存在いたします。わたくしはディジェスティフを亡き者にすれば後継者になれると考えた者が、背後にいるのではと考えます」

「しかしそんな証拠はない」

「はい。どちらの証拠もない場合は、どちらも疑ってかかり、判断は保留すべきです」

「そうだな。もう一点のほうを尋ねてもよいかね？」

「海賊を倒した者が後継候補筆頭になり得るのであれば、対抗者は当然それを妨《さまた》げようとするからです。戦には天の時、地の利、人の和が必要ですが、内部の和が乱れているのであれば、おそらくは。ましてや海賊の諜報員がシーラーフ宮廷内にいるのならば……」

　ハーベイは嘆息した。

「そうだな。シーラーフの海軍は全く当てには出来んということになる。やはりプリメーラにはシーラーフではなく、このナスタに戻ってくるよう伝えるか……」

「しかしそれは果たして得策と言えるでしょうか？　お嬢様が安全な外国にいるのならば、その場に留まらせておいてはどうでしょう？」

「しかしそれでは国民に、自分の家族だけを安全な外国に逃がしていると思われてしまう。統領である私自らがティナエの将来を悲観していると思われたら国民はどうなる？」

「怒り狂うでしょうな。怒った市民達がこぞって舟艇を漕ぎ出し、政庁や統領府を取り囲んで罵詈《ばり》雑言の嵐を浴びせるでしょう」

「そんな事態だけは避けねばならぬ。この危機的状況で我が国が沈むことを防ぐためにも、国民の信頼を失うような真似だけはしてはならぬのだ」

「状況が悪くなるばかりの中、信頼のなんたるかを自ら範《はん》を以《もっ》て示そうとなされる統領の見識、感服いたします」

シャムロックは芝居がかった調子で深々と頭を下げた。

「気が重くなるばかりだ。しかしプリムからの手紙には朗報もあった。東堡礁《とうほしょう》に巣喰っていたモビィ・ディック。あれが撃破されたそうだ」

「ニホンの軍船にですね？」

「そうだ。そしてプリムからの手紙には、彼らの力を借りて海賊を駆逐することを試みたいという提案があった」

「なんですって？」

さすがにそんなことまではオー・ド・ヴィからの報告書にはなかった。だが責める気にはなれない。いくら侍従として傍らに付き従っているとしても、プリメーラの考えていることまで分かるはずがないのだ。

シャムロックは戸惑い、その動きが何を引き起こすことになるかと考えつつ言った。

「それを聞いたら市民達は希望を持つでしょう。お嬢様の策が上手くいったら、我が国はきっと救われると。しかしながら水を差すようで心苦しいのですが、二つの点でそのご意見には賛成いたしかねます。一つは無思慮に外国の軍隊を引き入れる愚と、二つめはニホンの海軍力が未知数であることです」

「ニホンは帝国を打ち破ったほどの国家だ。そしてモビィ・ディックを撃破できる力を持っている。その力量に何の不安を抱く必要があろうか？」

「確かにその通り。しかし力を持っていることと、それを行使することはまた別。鎧鯨を破るほどの力があったとしても、それを行使する感覚が陸《おか》の国家と同じでは意味がありません。海では独自の感性がなければ、政略も戦略もいずれも誤ることになりましょう……」

シャムロックは喋りすぎたかと思い、そこで話を一旦切った。

「ふむ。続けたまえ」

しかし統領に促されて続けた。

「帝国のような大陸の国々は、敵と自らの間に防衛線を敷き、そこに敵が近付いてくると警戒いたします。その感性故に敵を併合し、国境を遠ざけ、国土を膨らませていくことを本性とします。しかし我らのような海上国家は、敵対勢力の軍船が桟橋《さんばし》から離れた瞬間から警戒を始めねばなりません。いや、より優れた統治者ならば、敵艦が補給を始めた瞬間から警戒を始めるでしょう。しかしながら帝国を含めた大陸勢力の国家は、その感性を持っていない。いや、この通商国家のティナエの政治家達ですら、そのことを全く分かっていない。だから海賊にこんなにこっぴどく痛めつけられてしまうのです……こんなことを統領に説くのは、亜神に説法かもしれませんがね」

ハーベイはその時まじまじと赤外套をまとった十人議員を見た。

「いや、今日は改めて自分の認識が誤ってないことを確認できたよ。君はなかなか優秀な男だ」

「でなければこの歳で十人委員になれません。私こそが統領のお力になれる男です」

「頼りにしている。しかし私はその点ではあまり心配していない」

「何故ですか？」

「ニホンは帝国を徹底的に打倒する力を持っている。一時は帝都を占拠したほどだ」

「帝国兵に撃退されたとも言われていますが？」

「ニホンが自ら退いたとも言われているぞ。いずれにせよ、帝国は力及ばずニホンに敗れた。これは誰もが知る事実だ。しかしながらニホンはあえて帝国を併合することもなく、皇帝に臣下の礼をとらせることもせず、対等の講和を結ぶことを選んだ。『門』を守るために周囲の限られた範囲だけを我が物として守り固め、以後は帝国と協調関係を築くことに邁進《まいしん》している。つまりこの国は、領土を広げることよりも通商関係を広げることに繁栄を見る、我々と同じ感性を持った国であることを示している。それが君が言った、一番めと二番めの心配に対する答えとなるはずだ」

「確かに……しかし一番めの問題に対する答えとしてはどうでしょうか？　だから彼の国が、我が国の占領を手控えるとは言えないのではありませんか？」

「危険は常にある。しかし感性が同じならばやりようはある。そこを上手くやってみせるのが、我々政治家の手腕というものだ。いずれにせよ、プリムからの手紙は議会に送る。そしてニホンという国の情報収集に力を注ごう。危機に瀕した我が国が縋《すが》るに値する国か、それとも危険な国か。結論を出すのは、それをしっかり分析してからでも遅くはない。シーラーフ艦隊の情報漏れの原因が、シーラーフ国内なのか、それとも我が国の内部『黒い手』なのかも含めてな……」

ハーベイはそう言うと、意味ありげにシャムロックを見据えた。

その瞳はあたかも、お前も猜疑《さいぎ》の対象だぞと告げるように輝いていた。

「か、かしこまりました」

シャムロックはハーベイを暗愚《あんぐ》な老害だと思いっきり見下していた。だが、やはり一国の統領となったほどの男ではある。どうにか首の皮は繋がったが、思い当たることがありすぎるシャムロックは、統領に腹の内を探られているような薄気味悪さを感じていたのであった。

＊　＊

日本国、東京市ケ谷《いちがや》――

「連日会議、会議、会議と……面倒ですねえ」

江田島《えだじま》は流れていく靖国通りの景色を眺めながら、業務用車を運転する徳島に語りかけた。

徳島は、バックミラーを通じての後方確認がてら江田島の顔をちらりと見る。徳島には、江田島は東京にいるとどんどん生気を失っていくように感じられるのだ。

「特地《向こう》に行っている時のほうが、統括は生き生きしてますね。こっちじゃ萎《しな》びた大根みたいに見えますよ」

「こっちに戻ってきてはや一ヶ月。いい加減、海が恋しくなりました」

江田島はこの一ヶ月間、防衛省での会議や内閣での合同情報会議などに呼ばれ、特地で得た情報や分析データの解説、そして提言といった毎日を送っていた。

「明日の代休、マリーンジェム号でも乗り回しますか？　東京湾だって一応海ですよ」

「でも今、あの船はプリメーラさん達が使っているじゃありませんか？」

「シュラ艦長が沖に出たいって何かとうるさいんですよね。しょっちゅう副長は今何してる？　って尋ねられますし。寂しがってるようですよ……」

その一言で江田島は、徳島が定期的に彼女達の下に通っていることを理解した。

「女性ばかりのところに足繁《あししげ》く通うのはあまりよいことではありませんよ」

何かと疑いを招くことになると江田島は警告する。

「でもマリーンジェムを管理しとかないと。ブラックウォーターの処理とかもあるんで。それにあそこに行く時は、必ずメイベルが監視についてきますから、変なことなんて起こりようがないですよ」

ブラックウォーターとは汚水のこと。マリーンジェムは、シャワー、トイレ等が備わっているが、それらの汚水をマリーナ内では排水することが出来ないのだ。

「メイベルさんのことも含め、何から何まで君に任せっぱなしになってしまってますね。本当にご苦労様です」

「統括、ご苦労だなんて本当に思ってくれてます？　統括の物言いって時々心を感じないんですよね」

「思ってますよ。だからこうして労《ねぎら》っているではないですか？」

「言葉だけですか？」

「そうです。他に何か必要ですか？」

「……」

「なんでしょう？」

「いや、なんか形のあるものとかで労ってもらえたら、もっと実感が湧くのになあって。いえ、もちろん統括には言うだけ無駄だっていうのは分かってますけどね……はい」

徳島は、江田島の辛辣な嫌みを聞かされる前に、自主的に無駄口を叩くのを止めた。そして運転に専念する。

しかし江田島は続けた。

「海にいながら陸に繋がれたままというのは、彼女にとってフラストレーションの溜まることなのでしょうね。で、彼女達の様子はどうですか？」

「オディのリハビリは順調のようです。リハビリに向かう態度が熱心なので、退院できる日も近いようですよ。あとは義足を作るだけなんですけど、その件で明日、義肢アーティストという人のところに彼女達を連れて行く約束をしてます……」

「義肢アーティストとは聞かない職業ですね？　義肢を着けたアーティストという意味ではないように思われますが？」

「要するに格好が良かったり、美しい彫刻が施されていたりと、装着している本人が誇りに思える、見せびらかしたくなるような義肢を作るという芸術家だそうです。その芸術家がオディを一目見て、創作意欲が湧いたから作らせろって押しかけてきたそうで……」

「それは……どのような方なのですか？」

「ネットでその人の名前を調べてみたんですが、毀誉褒貶《きよほうへん》いろいろで。チタン製の義手や義足の表面にサンドブラストでアールヌーボー調の彫刻を施したり。ただ、向こうから作らせてくれと言ってきたこともあって、全部無料《ロハ》でしてくれるらしくて」

「ほう、義肢というのは安くはありませんからね。いいのではありませんか？」

義肢は一品モノなので非常に値段が高い。しかし障害者総合支援法によって国から費用の支援があるから、なんとか手に入るというものなのである。

しかし問題はオデットが日本人でもなければ日本に居住している訳でもないことだ。

彼女の立場では、普通なら全額自己負担しなければならない。故にオデットはカタログに並ぶ額にしばし悩むことになったのだ。そこにこの話が舞い込んできたのである。

もちろんそんなことが偶然起こるはずもなく誰かの作為——白衣を着た悪魔的な言動のナース——の暗躍があったりするのだが、そんなことをオデット達が知る必要はない。

「それだけならいいんですけど、この人、義足に隠しギミックとして、モーター付きインラインスケートを内蔵したり、義手だと腕がマジックハンドみたいに伸び縮みするようにしたり……電動チェーンガンを内蔵させたりする発明変人という書き込みもちらほらありまして」

「そ、それは……」

江田島は左手に装着したミニガンが、咆哮《ほうこう》を上げつつ激しく回転しながら凄まじい勢いでプラスチック弾を噴出し、紙で出来た標的をズタズタにしていく光景を思い浮かべた。決して作るのが不可能な代物ではないのだ。

義足に着けたモーター付きインラインスケートもそうだ。今ではセグウェイの超小型版とでもいうべき乗り物も普及し始めている。やろうと思えば、それらのギミックを義足に仕込むことだって出来ないことはない。

「ま、そういうのが好きな人には人気があるみたいですけど、常識的な人間からの評価はそれなりという感じです」

「オデットさんの近況は分かりました。プリメーラさんはどうです？　あの方はどうも何かと君に辛く当たっていましたが」

「相変わらずです。シュラ艦長がきつく言ってくれたのもあって、俺に直接文句を言ってきたりはしなくなりましたけど、ひしひしと重く暗い波長めいたものを感じるんですよね。時々睨み付けられたりもしてます」

「困ったもんですね。そんなことで明日、一緒に出掛けられるのですか？」

「きっと車の中が殺伐とした闇鍋みたいな雰囲気になること請け合いです。でもオディは、プリムが俺のことを嫌っているのは知らない訳ですし、仕方ないです……」

徳島は病院に、緊急連絡先として自分のスマホ番号を登録しておいた。オデットから、黒川を介して徳島に電話が入ったのもそのためであった。

「で、彼女の活動はどうです？　いろいろと積極的に動いているようですが」

「ティナエの海賊退治に、海自を派遣させようとしている件が気になるんですか？　そんなの出来っこないことは、統括のほうがよく御存じだと思うんですけど」

徳島も、プリメーラ達が躍起になって日本の政治家に助けを求めていることは知っている。だが、そんなことで政府が動くことがないこともまた知っていた。

特に自衛隊に関わる物事は、何かにつけて反対の声が大きいからなおさら難しい。

例えば民間の商船に多くの被害や損害が多発していたにもかかわらず、アデン湾・ソマリア沖の海賊対処に護衛艦を派遣することに当時は苛烈な反対があった。

自衛隊反対、自衛艦の派遣絶対反対という運動をしている者にとっては、自衛隊がすることはどんなことであっても反対なのだ。最近は一般国民の支持も高くなってきたので、反感を恐れて口にすることを控えているようだが、その昔、彼らは災害派遣すらもいい顔をしなかった。近年でも、自衛隊が来れば犯罪が増えるとまで書いた新聞もある。「自衛隊」という部分を特定の国家や民族名、あるいは特定の宗教名に変えたら途端にレイシズムだ何だと批判するのに、その筆先で同じ構造の憎悪表現を自衛隊や米軍に対して公然と書き連ねているのだ。

しかし、それでいながら、反対運動の核心的組織が仕立てた物見遊山世界一周旅行船は、アデン湾・ソマリア沖を航行する際は海賊が怖いからと、自衛艦に護衛を求めるというギャグとしか思えないような行動を取ったりもしている。当然その言行不一致は物笑いの種となったのだが、面《つら》の皮の厚い彼らはそれを恥じ入ることが全くない。

そんな連中の得意とする口撃は、品位の欠片もないただの罵倒、中傷、人格攻撃だ。そしてそヒトラーが言ったなら、空は青いという言葉すらも間違いだと言わんばかり。

の批判事由の多くは、批判者自身にも突き刺さるブーメランだったりする。しかしそれでもマスコミが恣意《しい》的に大きく取り上げるから一定の効果があったりする。

　おかげで政治家も自衛隊の扱いには非常に慎重にならざるを得ない。故に、プリメーラの努力は徒労に終わるしかないのである。

「何度かそれとなく言ったんですけどね……俺の言うことだからというのもあるんでしょうけど、全く耳を貸してくれないんです」

　ここしばらくのプリメーラは、分厚いコンクリートの壁を崩そうと何度も体当たりをし、跳ね返されては尻餅をつき、傷つき、それでもよろよろと立ち上がり、喘ぎながらも皮膚が破れて真っ赤になった拳を壁にぶつける。そんな様子であった。

　痛々しくてとても見ていられない。その根性には驚嘆の思いを抱くが、徳島は早く諦めてくれればいいのにとすら思っていた。

「それでも、君の所見を聞きたいんです」

　しかしながら江田島は問いかけてきた。まるでプリメーラのすることに注意を払う必要があるかのように。

「とりあえずプリメーラさんはこの一ヶ月、オディの付き添い当番のない時は、帝国の催しの類に片っ端から出席して、手当たり次第政治家に陳情する日々を過ごしてます。

でも成果が出てないので、さすがに挫《くじ》けてきたって感じです。この間なんか、一日中不機嫌そうにして寝てましたし。オー・ド・ヴィは、プリメーラさんの通訳とかがない限りは図書館通いですね。シュラ艦長とアマレットさんは基本的に家事、オディの付き添いをしながらプリメーラさんを見守っているという状態です」

江田島は小さく呟いた。

「彼女達は、もうちょっと世の中の仕組みというものを知る必要があるかもしれませんね」

「仕方ないと思いますよ。政治の中枢に近いところにいた訳です。故郷でなら彼女が働きかければそれなりに物事が動いていたのでしょうし」

「だから相変わらず同じように政治家に直談判しようとする。せめて彼女達に適切なアドバイスをしてくれる友達がいたら違うんでしょうね。友人からの言葉なら、彼女とて耳を貸すでしょうし」

徳島は江田島の言葉に頷いた。確かに、別の人物からの忠言ならば、プリメーラの心に届くかもしれない。

「シュラ艦長やオディじゃちょっと荷が重いかあ」

「二人とも、こちらの事情を詳しく知りませんからねえ。先ほど言った、世の中の仕組みというものに詳しくありませんと」

「うむ。個性の強い食材を美味しくするには、相応に個性のある食材を持ってきて、一緒に煮込むしかないということですね」

「相応の食材とやら、何か心当たりでもあるかのような口ぶりですね？」

「はい。俺にちょっとばかり思い当たることがあるので、なんとかしてみます」

12

日曜日のこの日、プリメーラは病院に迎えに来た徳島の車の後部座席に乗り込むと、東京郊外へ向かった。

これよりオデットの義足作りを買って出た義肢アーティストのアトリエに向かうのだ。

プリメーラが付き添いとして、アマレットとともにオデットを挟むようにして座る。

助手席には何故か蒼髪の亜神メイベルが当然のような顔をして座っていた。

「プリムー、なんか元気がないみたいなのだ」

車が出てしばらくすると、プリメーラは隣のオデットに耳元で囁かれた。

車に乗ってからのプリメーラの口数の少なさが、屈託を感じさせたらしい。オデットはプリメーラの徳島に対する隔意《かくい》を知らないから、致し方ないのかもしれない。

「オディに心配させて、わたくしってダメね」

プリメーラは自嘲的に言った。

「私は何も出来ないのだ。けど話くらいなら聞ける」

「でもオディに心配させたくないわ……」

「プリム。私にもまだ何か役に立てることがあると思わせて欲しい」

切なさそうな顔をするオデットを見て、プリメーラは気付いた。過度に保護的になって、かえってオデットに疎外感を持たせたのかもしれない。

「ごめんなさい」

プリメーラはオデットの手をぎゅっと握った。そしていくつかある理由の中で、当たり障りのないことを選んで語り始めた。

「実は……」

プリメーラは語る。オデットの付き添いで病院に来る日以外、自分は祖国を助けてくれないかと頼むため日本の政治家に陳情を繰り返している。だが思ったような成果が得られないのだと。

「そんな簡単に異国の政治家に会えるものなのか？」

「難しいわ。どこの政治家も、自分の得にならないことには時間を割いてくれないもの」

だからプリメーラが政治家と面と向かって話が出来るのは、彼らが出席するパーティーのような場に限られる。そういう席でなら、小国とはいえ異世界の王女だと自己紹介すると多少ながら興味は持ってもらえる。話を聞くぐらいはしてくれるのだ。

プリメーラはそこで、祖国が海賊の被害に遭っていることを切々と訴えた。

しかし返ってくるのは、表現こそ違えど「それは大変な問題ですね」「何とかしなければ」「早速、持ち帰って検討いたしましょう」という三言のバリエーションばかりであった。

それでも否定的な反応ではないから、彼らが政府に働きかけてくれることを期待していた。しかし結局、全て何の音沙汰もないままなのだ。

「事の深刻さが伝わっていないのかもしれません」

本国ティナエの議員達ならばこんなことは起きない。たとえコミュ障のプリメーラが直接話しかけられずとも、間に入ったシュラやアマレットを解して意思を伝えれば、議員達は姿勢を正して耳を傾け、相応の反応を返してくれる。

「どうしたら彼らの心を揺り動かすことが出来るのか、わたくしには全く分かりません」

「それは……」

その時、運転しながら聞いていた徳島が突然口を開いた。

この男が言おうとしていることは分かっている。本国の議員達が耳を貸すのは、統領の娘だからに過ぎないということだろう。

そんな正論は聞きたくない。だからプリメーラは、バックミラーに映る徳島を、「言うな」「触るな」「私に近付くな」という思いを込めて睨み付けた。

すると徳島も、それ以上は何も言わず口を噤《つぐ》んだのである。


義肢アーティストのアトリエは東京小金井の森の縁にある。

白い一軒家の敷地に車を入れると、少しぽっちゃり気味だが、笑顔に愛嬌のある中年男が待っていた。決して美男ではないが、人柄は優しそうだと感じられた。

「僕が、仙崎薫《せんざきかおる》です。ようこそおいでくださいました〜」

仙崎の言葉が、客人を迎える挨拶だということは分かる。しかしプリメーラは、そこで固まってしまった。通訳は徳島がしてくれることになっているのだが、今はトランクからオデットの車椅子を取り出している。アマレットはオデットの介助で、メイベルは通訳を引き受けてくれるような性格の持ち主ではない。

そのためプリメーラは一人でこの男の応対をしなければならなかった。

「コ、コ、コンニチハ……」

プリメーラは何とか覚えた片言の日本語で挨拶に挑んだ。しかし、元よりコミュ障もありその口上は尻切れた不完全なものとなった。

「……」

「……」

行く当てのない沈黙が長々と続く。唯一の救いは、仙崎がまるで全てを心得ているかのように、俯くプリメーラを急かすことなく微笑み続けてくれたことだろう。

「お世話になります仙崎さん。俺が徳島です。今日は運転手兼通訳です」

そこにようやく徳島がやってきた。

「お待ちしておりましたよ、徳島さん。オデットさんも今日は遠いところをようこそ～」

アマレットの押す車椅子にはオデットが座っている。

仙崎は片膝を突くと、オデットの視線に自らの目の高さを合わせた。そして一時の時間も無駄に出来ないとばかりに、アマレットから車椅子を奪い取り、オデットをアトリエに連れて行ってしまったのである。

「あ、あの方は？」

プリメーラが徳島に問う。

「彼が義肢装具士兼、義肢アーティストです」

「芸術家？」

プリメーラは首を傾げた。今日は義足を作るための採寸のはず。なのにどうして芸術家が出てくるのかが理解できなかったのだ。

しかしオデットは既に何度か仙崎と顔を合わせているらしく、全てを心得ているかのように、仙崎に差し出されたボディスーツを受け取り、部屋の片隅の衝立《ついたて》の陰で袖を通し始めた。

その傍らにはアマレットが立っていて、必要な時にはそれとなく手を貸している。おそらくメイド主任も、これから何をするのか分かっているのだ。つまり、ただ一人、プリメーラだけが事情をちゃんと理解していなかったのである。

「もしかして、話聞いていませんでしたか？」

「そ、そんなことは……」

もちろんプリメーラに事情を説明していないことなどあり得ない。ただプリメーラ自身がきちんと聞いていなかっただけなのだ。

プリメーラは急に自分が恥ずかしくなった。

自分のことばかりに気を取られ、オデットのことに意識を向けていなかった。オデットのために日本に来ているというのに、肝心な友人のことをほったらかしにしていたのだ。車の中でオデットを心配させたこともそうだ。自分は全く周りを見ていない。

しかし、それを徳島にだけは知られたくないという反発心が湧き、こう言い返した。

「もちろん、聞いてました……ただ、あれが何のためのことなのか分からなくて」

仙崎は、背中の大きく開いたホルターハイネックのボディスーツを着たオデットを作業台に腰掛けさせると、ヘラを使って彼女の脚にピンク色をしたジェルを塗り始めた。

そしてそれを脚全体に塗り広げていく。

「ああ、あれはですね……」

おそらく溶けたゴムないしシリコンであろう。

ネットで仙崎のことを調べた際、彼の作業手順を解説するページもあった。徳島はこのアトリエのあちこちに積み上げられたマネキンのような人形やその手足のパーツがあるのを指差して、これからオデットの身体の型を取ろうとしているのだと説明した。

実際、部屋に並ぶ無数の彫像はどれもが生きた人間のように生き生きとしていた。その全てが、実際の人間を原型にして作られたものだからだろう。

「つまり、あの方はオデットの彫像を作ろうとしている？」

「そうです。御存じでしたよね？」

「も、もちろんですわ」

その時、オデットが悲鳴を上げた。

「あひっひっ……く、くすぐったいのだ！」

「動いちゃだめだよ～。そもそも本当にくすぐったいの？」

オデットが身を捩《よじ》らせ、仙崎が困ったように問いかける。

徳島が訳してあげるとオデットが叫んだ。

「足の裏なんか触られたら、くすぐったいに決まってるのだ！」

ゴムヘラが脚を撫でる感触がこそばゆいらしい。オデットはその都度身を捩《よじ》らせて笑い転げていた。どうやら相当に敏感なタイプのようだ。

「先生、３Ｄスキャナとかはないんですか？」

徳島はウェブサイトを検索している時に感じた疑問を投げかけた。

今日では、光学的にサイズや形状を測定し、プリンターで彫像を作り上げることが可能だ。オデットが現在使っている訓練用の義足を製作する時もそうやって型をとっていた。

しかし仙崎は3Dスキャナやプリンターという単語を耳にした途端、汚らわしい言葉を聞いたかのごとく顔を顰めた。

「あんなのは邪道だよ〜。人間の身体っていうのはさ〜、筋肉の様子とか触ってみないと分からないものだからねえ〜。それに今日はさ〜、断端の形状の型を作ってるんじゃなくて、身体全体の型を取るために来てもらったんだよ〜」

どうやらこの仙崎という男は、手を用いたアナログの作業にこだわりを持っているようだ。

徳島とて、全自動で料理を作る機械が出来たとしても、きっと包丁を握ろうとするからそれは理解できる。職人とはそういうものなのだ。

「オデット。我慢するしかないみたいだよ」

「で、でも……あうん！」

作業台にうつ伏せとなったオデットは、背中や翼の付け根にまでシリコンゴムを塗られた。そしてゴムヘラが翼の付け根を撫でる度に、痙攣《けいれん》するように喘いだのだ。

「だから動いちゃだめだって〜」

仙崎が何度も注意する。しかしオデットには通じない。オデットが甘声で苦情を叫ぶ。しかし仙崎には通じない。そもそも二人の間では会話が成立していないのだ。

「あうっ、ひぃ、ト、トクシマぁ……助けてぇ」

ついにオデットが部外者に救いを求めてきた。

徳島は嘆息すると、仕方なく歩み寄ろうとした。しかしその時、それまで黙って見ているだけだったメイベルが徳島の前に立ち塞がった。

蒼髪の少女は制止するように片手を立てると、徳島に代わってオデットに歩み寄り片腕をとって合気道のごとく組み伏せたのである。

「ちょ、ちょっとどうして!? お前は来るな！」

当然オデットはメイベルを怒鳴る。しかしメイベルは冷酷そうな笑みを浮かべた。

「躬《み》の目は飾りではないぞ。お前がこの機に乗じて、ハジメに迫ろうと企んでいることなどお見通しなんじゃ」

「そ、そんなこと考えるはずがないのだ！」

「はっ、どうだかのう。さっきからいかがわしい悲鳴を上げよってからに……」

「いかがわしいって、何がだ!?」

「いかがわしいからいかがわしいのだ！」

言いながらメイベルがオデットを完全に押さえこむ。すると仙崎がその隙をつくようにオデットの背やうなじにべたべたとヘラを走らせていった。

そのこそばゆさにオデットは悲鳴を上げて悶《もだ》えた。しかし身体を起こそうとすればするほど関節が軋《きし》みを上げて苦痛が増すため、小柄なメイベル一人ですら撥《は》ね返すことが出来なかったのである。

やがてオデットは、首から下、翼を除いた全身をピンク色のシリコンゴムで包まれてしまった。

「はい、塗り終わり～。翼だけは羽を傷めちゃうから塗れなくても仕方がないねえ……それじゃこのまま動かずにじっとしてて～」

「は、はぁ、ぜい、ぜい！」

全てが終わって解放されたオデットは、四つん這いになりまるで百メートルを全力疾走したかのように肩で息をしていた。

「ううっ酷いのだ。身体にこんなドロドロとしたものを無理矢理塗りたくるなんて……」

キッとした表情で顔を上げるオデット。すると仙崎は言った。

「お、いいねぇそのポーズ～。もっと顔を上げて、これから天に向かって飛び上がろうとしているかのような感じで～。そうそう、翼も大きく広げて！」

どうやら彫像のポーズが決まったらしい。仙崎は型が固まるまでオデットにそのままのポーズをしているようにと求めた。

「もっと、身体を捩ってほしいなあ～。人間ってねえ、モデルが苦痛に喘いでいる姿にこそ、美しさや喜びを感じる冷酷な生き物なんだよ～」

するとアマレットが言った。

「頑張りなさいませ、オデット様。全ては、タダで義足を手に入れるためですよ」

「そ、そうだった……くぅ」

オデットは無理な姿勢を維持するため、額に汗の滴《しずく》を浮かべながらプルプルと身体を震わせる。

「オディ、頑張って！」

プリメーラも、必死に耐えている親友を励ましたのだった。


メイベルは、一人で仙崎のアトリエをゆっくり歩いた。

アトリエには様々な彫像、彫刻、義手義足、工作機械が並んでいて、興味を引かれるものが多かったのだ。

たとえば、壁際には美しい少女が顔貌《がんぼう》の左半分を仮面で隠している石膏《せっこう》裸像がある。美しい文様が施された仮面だけでも目を引くというのに、無垢な面差《おもざ》しの少女がそれを付けていることでより一層、神秘的な美しさが引き立っていた。

仮面で隠された顔の左半分がどうなっているのかに興味が湧いてくるが、それを暴き立てるのはとても野暮な行為と思えるのだ。

「そうか、そういうことか」

ここでようやく気付いた。ここにあるのは、生きた肉体と一体となることで初めて完成する芸術なのである。その美しい調和を損ないたくないから、下がどうなっているかなどと詮索したり、取り外すことに抵抗を感じるのである。

「あれは？」

見て回るうちに、メイベルの目は部屋の片隅の陳列台に置かれた物体に釘付けとなった。

それは人の拳よりもやや大きい、ハート型。

「これは……」

おそらく人間の心臓と思われた。

ここに並べられているからには作り物なのだろう。だがあまりにもよく出来ているせいで無機質なはずのそれが拍動しているようにも見えてしまう。

じっと目を凝らしてみると全く動いていない。当然だ、作り物が人間の臓器のごとく動くことなどあり得ないのだから。

けれど、もしかしたら……

そんな風に思えてしまう現実感があった。

確かめたくなって、思わず手が伸びてしまう。そしてその表面に触れた。

だが、やはり作り物だった。肉のそれと違い、硬く冷たい材質で出来ていたのだ。動いていると感じたのは錯覚だったのである。

これでは自分の胸にぽっかりと空いた空洞に押し込んだとしても、代わりとなってくれることはない。いかに外見が本物に酷似しているとはいえ、メイベルが求めているのはあくまでも温かさを感じるものなのだから。

「それに興味があるのかな～？」

突然、背後から声が掛かった。

見れば仙崎が立っていた。その中年男は作業で汚れたエプロンを外しながらニコニコと歩み寄ってきた。

「それはね～、心臓なんだよ」

「うむ、見れば分かる」

メイベルは素っ気なく言った。

「そっか。分かるんだね～。今の娘はなんでも知ってるよね～」

仙崎は、話の接《つ》ぎ穂を失って黙ってしまった。そのいかにも気落ちしたような表情を哀れに思ったメイベルは、自分から話題を提供してやった。

「どうしてこのような心臓を作った？　お前の作品らしからぬようにも思えるのじゃが」

「僕の作品らしくないって、どうして思うのかな？」

「お前の作ったものは、誰かが身に付けて初めて完成する。それ単体では未完成なものばかりであろう？　だからこそ、陳列する際には彫像に取り付けねばならぬのじゃ。そうして完成した作品はどれも美しく目を引く。じゃが、これらを見てお前の脳裏に浮かぶのはお前の作品を身に付けた生きた人間のほうなのであろう？　つまりここに陳列されている全ての作品は、お前が真に自分の作品だと思っておるものを思い浮かべるためのよすがなのじゃ」

メイベルが思うところを一息に語ると、仙崎は一層笑みを深くした。

「あ、分かってくれるヒトがいた～」

「その程度のこと、分からいでか!?　躬の目は飾りではないぞ」

「でも、分かってくれる人ってそんなにいないよ～」

「芸術というのは元来そういうものであろ？　分かってくれる者だけ相手にしておれ。

そうでない相手は適当にあしらっておけばよい」

「確かにそだね～」

「しかしそれ故に合点がいかぬ。心臓のない者など死人じゃろう？　これを着けたとしても当然、生き返ったりはせぬ。お前の作品の主題である生きた人間には、決してならぬのじゃ」

するとと仙崎は言った。

『門』の向こうはどうだか知らないけどさ、この世界には心臓移植っていうものがあるんだ～」

「心臓の移植？」

「心臓が壊れたり病んだりした時、代わりの心臓を持ってきて取り替えるんだ～。それで死にかけた人を永らえさせることが出来る」

「なんと恐ろしい。それはつまり誰かから心臓を奪うということであろ？　心臓を奪われた者は死んでしまうのではないか？」

メイベルのような不死の亜神でない限り。

「そうじゃないんだよね～。脳死——つまり頭を強く打ち付けたとか、酷い例えだけど首を刎《は》ねられた時とか、そういう時に、心臓がまだ鼓動を打ってるのに命は失われてしまうことがあるよね？」

「なるほど、つまりそういう者から心臓を譲り受けるのじゃな？」

「そういうこと。ただ、そうすると、心臓を提供した人のご遺体には、胸にぽっかりと穴が空いたままってことになるでしょ。それじゃ寂しいよね。だから代わりに胸に収める物でもあればって。それを作ってみたんだよ」

「なるほどのう」

メイベルは手を伸ばすと心臓を摘まみ上げて自分の掌に載せてみた。

「いささか大きくないか？」

メイベルの胸に収めるには大き過ぎるように感じた。

「それは体格の大きいスポーツマンだった人のものをモデルにしているから」

「そうか」

メイベルは頷くと、全ての疑問と関心が消え失せたとばかりに、心臓の模型を元のあったところに戻したのである。

「ところでさ……オデットさんのことなんだけど」

仙崎は話を続ける。どうやらこれから彼の本題が始まるらしい。

「それを何故、躬に告げる？」

「だって君、オデットさんのお友達でしょ？」

「とんでもない。あの者は躬の敵じゃ」

「つまりいい喧嘩友達ということだね？」

「躬の言葉の意味が分かっておらぬのか？」

メイベルが今回同行してきたのは、あくまでも徳島をオデットの魔の手から守るためだ。だが、そのことを説明するのは限りなく面倒臭いということに気付いたメイベルは、言葉尻を濁すしかなかった。

「それに、日本語が通じるの、徳島さんと君だけみたいだし……」

そう言われてメイベルは深々と嘆息した。

すると仙崎は、それを同意と見たのか勝手に話を続けた。

「とにかく、オデットさんに気を付けてあげて欲しい」

「気を付けろとは、何を？」

見ると仙崎が真顔になっていた。ニコリとした優しい笑みではなく、厳しい大人の顔つきだった。

「彼女、『足の裏なんか触られたら、くすぐったいに決まってる』と言ったんだよね」

「そうじゃったか？」

「うん。あの徳島って人にも確認したから間違ってない」

数瞬後、メイベルは仙崎が何を言いたいのか理解した。

「ふむ。そういうことか」

オデットは既に存在しないはずの足の感覚を口にした。思わず言い間違えたということもあるが、存在しないはずの感覚に襲われている可能性もあるのだ。

「幻肢痛《げんしつう》って、君に言って分かるかな～？」

メイベルは頷いた。彼女自身もまた存在しない心臓の痛みに苦しめられているからだ。それは虚《うつ》ろな、絞るような激しい痛みであった。

「彼女は、もしかすると一人で苦しんでるかもしれない。そう思っちゃって」

「しかし、それは誰かに話したところでどうにかなるものでもないじゃろ？」

幻肢痛は麻酔や痛み止めを用いても一切効果がない。治療法も確立されていない。患者が対処不能な痛みに悶える中、少しでもそれを軽減できないかと様々な試行錯誤が行われている真っ最中なのだ。

「ひとりぼっちで苦しんでいるのは絶対によくないからね～」

仙崎は、自分の義肢を着ける限りは、相手が幸せになってもらわないと困ると言った。でなければ彼の作品は完成しないのだと。

「躬としては、彼奴《あやつ》が遠くで幸せになろうと不幸になろうと一向に構わんといったところなんじゃが……」

メイベルがオデットを助ける義理はないのだから、引き受ける必要はない。しかしメイベルはすげなく断ることも出来なかった。ここで自分が断ったら、この仙崎という男は必ずこの話を徳島のところに持っていくからだ。

日本語が通じるのが他に徳島しかいないのだから当然だ。そしてそうなったら最後、弱っている者を決して見捨てられない徳島は、オデットの苦しみをなんとかしてやろうとするだろう。メイベルの時と同じように。

そうなればオデットと徳島の距離はますます縮まってしまう。それだけはなんとしても避けなくてはならないのである。

「それじゃあ、お願いするね」

逡巡するメイベルを見た仙崎は、それを同意と勝手に解釈するとその場から離れていったのであった。

「さて、どうしたものか」

アトリエの作品を全て見終えると、メイベルは振り返った。

見れば仙崎はオデットから毟《むし》り取ったシリコンの型を丁寧に仕舞っている。そんな仙崎にプリメーラが二つ三つ質問をして、徳島がその通訳をしていた。

アマレットもプリメーラと一緒に話を聞いている。

オデットはというと、いつの間にか姿を消していた。

「ハジメ、いつまでここにいるんだ？」

「オディがシャワーから戻ったらね」

「シャワー？」

「固まったゴムとか、ワセリンとか落とさないと……」

「そうか。そういうことか」

そこでメイベルはシャワー室を探した。

アトリエの廊下、トイレ……広い建物の中で目的地がどこにあるのか分からずしばし迷うことになったが、やがて壁越しに水の流れる音が聞こえてきた。

「シャワー？」

メイベルは、ようやくシャワー室の在り処に気付いた。一般に考えるシャワー室とは入り口のサイズが違ったため、そうと気付かず素通りしてしまっていたのだ。

まるで温泉地の大浴場入り口だ。そこにカーテンが掛けられていた。

こんな作りになっているのは、車椅子を使う客が使用できるようにするためだろう。仙崎の仕事では、客は肌に付いたワセリンやらシリコンゴムやらの汚れを落とさなくてはならない。そのためシャワーもこういったバリアフリーにする必要があるのだ。

メイベルは気配を殺し、そっと中を覗いてみた。

すると入り口の奥にもカーテンが掛けられていた。

どうやらこちら側は、脱衣スペースになっているらしい。オデットの車椅子と服が置いてある。そして内カーテンの向こう側から水音が聞こえた。

だが、水音とは異なる別の音も混ざっていた。

メイベルは、脱衣所に踏み入った。そしてカーテンの隙間から中の様子を盗み見た。

すると、入浴用の車椅子に座ったオデットが、頭からシャワーを浴びながら自分の両脚を頻繁に叩いていたのである。

「くぅ……」

叩いているばかりではない。撫で、擦《さす》り、圧迫し、また叩いていた。そうすることで何かの感覚を上から塗り潰そうとしているかのようだった。

おそらく痛みを少しでも和らげようとしているのだろう。

しかし上手くはいっていないようだ。当然だ。痛いのは爪先であり、踝《くるぶし》であり、踵《かかと》なのだから。もう擦ることはもちろん、叩くことも出来ないのである。

だからだろう、何をしても意味がないと悟ったオデットは、声を押し殺し、歯を噛みしめて泣き始めた。

「どうして、ないはずの足が痛い？　痛い。痛い、痛い痛い……誰かぁ助けて」

そんなオデットに、メイベルは尋ねた。

「何をしている？」

「ひっ!?」

オデットはいけない遊びをしているのを見られてしまったかのごとく慌てた。慌てすぎてビターンとシャワー用の車椅子から床に滑り落ちてしまった。

「メ、メ、メメメメ、メイベル!?　どうしてここに!?」

メイベルはシャワーの床に尻餅をつくオデットを見て、ニヘラと人の悪そうな笑みを浮かべた。

「どうしてもこうしてもあるか。いつまで待ってもお前が戻らぬので、待ちくたびれてしまってな。それで様子を見に来たんじゃ」

「い、今上がるところだったから……」

オデットは、車椅子によじ登り始める。

「ほほう、そうか？　ならば急ぐがよい」

メイベルはそう言って踵を返す。だがカーテンを潜《くぐ》る寸前に言った。

「そういえば、ハジメがこんなことを言っておった。苦しみも悲しみも皆で分け合えば割り算できる。そして喜びは、皆で持ち寄れば掛け算できるとな。自分一人で苦しんだりせず、誰かに話してみるがよい」

「そ、そんなのお前に分かる訳……」

メイベルは胸を押さえて言った。

「躬もな、人間ならばあるべきものがないので分かる。ないはずのものが痛むという理に合わぬそれを、ハジメに半分持ってもろうて、なんとかやっておるんじゃ」

「……」

「だからこそ、ハジメは躬のものなんじゃ。そのことをゆめゆめ忘れるでないぞ。いいな」

オデットは徳島との関係を自慢されたように感じたのかムッと唇を尖らせた。

「胸の膨らみがないのは、私と同じなのだ……」

「み、躬が言っておるのがその胸のことではないことぐらい、想像せいっ！」

メイベルはそう言い捨てると、シャワー室を出たのである。

メイベルがシャワー室から出ると、外にピンクの髪の女とメイドがいた。恨めしそうな視線を浴びたメイベルは問いかけた。

「何の用じゃ？」

「いえ……別に……」

プリメーラは何も言わない。ただ黙っているだけであった。

メイベルはその様子を見て頷いた。

「ふむ。そうか……」

どうやら仙崎は、徳島を介してプリメーラにもオデットの幻肢痛のことを語ったらしい。それでプリメーラがやってきたのだ。

「オデットはどうでしたか？」

「泣いておった」

メイベルはそう言い残してアトリエへ向かった。

「メイベル。何をしてたんだい？」

アトリエの入り口では、徳島が待っていた。

「そういうハジメは何を？」

徳島は肩をすくめると、シャワー室の前で親友が出てくるのを待っているプリメーラを視線で示す。

「あれだよ……プリメーラさん、自分は何も見てなかったって凄く落ち込んじゃってて」

「なるほどな。一緒におったとしても、心ここにあらずでは意味がないからのう。政治のことばかりに気を向けていた報いというものであろう」

「で、メイベルは何をしてたのさ？」

「躬か？　躬はハジメの出番を失くしておこうと思ったのじゃ」

「俺の出番？」

「そう。あれを最初にハジメにやられては、躬の居所がなくなってしまうように思えてな」

メイベルに促されて振り返ると、シャワー室から出てきたオデットをプリメーラが抱きしめていた。

「ああ、そういうことか。そうだね……」

メイベルは、自分の役目はないことを納得した様子の徳島の袖をとると、アトリエの中へ入っていったのである。

13

数日後の夕刻、エプロンを着けたプリメーラが、マリーンジェムのギャレーでサラダを皿に取り分けていた。

料理は全て徳島の兄がレストランの厨房で作ったものだ。味付けまで終えて、タッパーに入れた形でメイベルの手で運ばれてきた。

メイベルの説明では、添付された写真のごとく白磁《はくじ》の皿に盛り付けるだけでよいという。それだけならば、手の遅いプリメーラでも充分にこなすことが出来る。なにしろプリメーラは味覚と美的センスだけは一流なのだから。

「でも、どうしてこうなるのですか？」

プリメーラは不平不満をシュラに漏らした。

「どうもこうもないよ。ボク達が司厨長の家のマリーンジェムを借りる条件に、一般のお客が使わない間に限るという条件があっただろ？」

「ええ、ありました」

「その一般のお客が来たんだよ。このマリーンジェムを接待に使いたいというお客がね。だから、その間ボク達は明け渡さないといけない。それだけのことさ」

「それは分かります。ええ、とっても分かりましてよ」

「なら、何がそんなに不満なんだい？」

「問題は、どうしてわたくし達が働かなければならないのかってことです」

プリメーラだけでなく、シュラとオー・ド・ヴィも給仕の制服を着ていた。

「そりゃ、ここを明け渡しても行く場所がないからさ。喫茶店とかに長く滞在すれば嫌でもお金がかかるし、この寒い中、あてどなく外を歩き回るくらいなら働いたほうがマシだと思わないかい？」

「そ、それはそうですけど。でもわたくし達がこの国に入ることが許可された条件の中に、働いてはいけないという一項があったと記憶しています」

「正確には働いてお給料をもらってはいけない。だよね」

「お給金もなしで働くだなんて言語道断です。わたくし達は奴隷ではないのですよ」

「もちろん代償なしじゃないさ。司厨長の兄貴がこのマリーンジェムの借用費をその分値引いてくれると言ってる。それってカツカツの財政状況のボクらにとってはとっても助かることなんだよ。そうだよね、事務長？」

事務長と呼ばれたオー・ド・ヴィは、真面目くさった表情で頷いた。

「はい。大変に助かります。出来れば毎日お客に来ていただきたいくらいです」

財布を預かる彼からこう言われてしまうとプリメーラは返す言葉がない。

日本に滞在するだけなら、バーサの商人から借りた資金だけで十分なのだが、プリメーラは政治関係者の伝手《つて》を求めてあちこちの催しに参加している。そうなると、催しの会費、衣装代、美容関係の費用、交通費等々が馬鹿にならないのだ。

そしてそれは、皆の食費に重大な悪影響をもたらしていた。

ただ、そのことにはシュラも、アマレットも、オー・ド・ヴィも文句を言った試しがない。

プリメーラが自己顕示欲を満たしたがいために出席している訳ではないことを承知しているからだ。

もちろん、プリメーラも平然としていられる訳ではない。日々の食事の度に自分の行動の皺寄せが友達にいっている事実を認識し、罪悪感を積み重ねているのだ。だから皆が必要だと言うのであれば、こうして働くことだって受け容れられるのである。

しかし問題は自分達が素人だということだ。

「わたくしが接客だなんて。アマレットに代わってもらったほうが……」

他人の目を見て話すことも出来ないプリメーラが、接客なんて仕事を出来るはずがない。オデットの付き添い当番を、アマレットと代わればよかったのである。

「そもそもレストランの主人がいなくて、わたくし達だけで接客しなければならないという事態からして納得できません。司厨長は一体何を考えているのですか？」

しかしシュラは、心配は一切不要だと言い切った。

「大丈夫、君は料理のことだけしてくれればいいから。お客の接待はオー・ド・ヴィと、ボクとでするよ」

海賊と言えば粗野な男達を想像するが、シュラは両親家族が全滅してからはプリメーラの父親に引き取られお屋敷で育った。おかげでどこに出ても恥ずかしくない優雅な立ち居振る舞いを身につけている。しかも船乗りの修業中は船長室で給仕仕事もさせられた。つまり経験者なのだ。

そしてオー・ド・ヴィも、この若さで防諜機関『黒い手』の現場指揮官になったほどの逸材である。これまでもプリメーラの侍従役を難なくこなしてきたことからも、立ち居振る舞いに不安がないことは実証されていた。

シュラがそこまで言うなら、プリメーラも従うしかない。

「分かりました。覚悟を決めました。で、おいでになるのはどんなお客様なんですの？」

「えっとね……あ、もう来た」

見ると、桟橋に黒塗りの車が入ってきて男女のペアのお客が降り立った。

一人は見た目十七〜十八歳の若い女性。優雅なイブニングドレスをまとっていた。

あきらかに日本人ではないと分かる容姿で、美しさと可愛らしさの双方を備えている。

そして輝く瞳からは聡明さが滲み出ていた。

もう一人はスーツ姿の男性だ。

こちらは明らかに日本人で、堅い職業についていることの分かる落ち着いた雰囲気があった。見たところ女性とは十歳以上離れているだろう。

その男性の名がスガワラであることは、女性がその名を呼んでいることから分かる。

そして女性の名前がシェリーであることもまた、男性がその名で呼びかけていることから分かった。

シュラとオー・ド・ヴィは、すぐにマリーンジェムの艫《とも》の縁に上がり二人を出迎えた。

「スガワラ様ですね？」

オー・ド・ヴィが問いかけると菅原浩治《すがわらこうじ》は頷いた。

「ようこそおいでくださいました。当店の主人より、皆様によろしくと仰せつかっております」

オー・ド・ヴィの口から流暢な日本語が語られる。もともとの才能に加えて、プリメーラの必要を満たすために励んだこともあり、既に相当の日本語力を身に付けていた。

「今日はお招きありがとう。よろしく頼むよ」

菅原は軽く微笑んで返す。

一方シュラは、桟橋からマリーンジェムに乗り移ろうとしているシェリーに手を差し出した。

桟橋や船縁で躓《つまず》いたり転んだりしたら海に落ちてしまうかもしれない。踵の高い靴を履く女性ならなおさら注意が必要で、そういうことがないようにという心遣いなのだ。

だがシェリーは躊躇《ためら》った。見知らぬ異性の手を取ることに抵抗があるのだろう。

しかしシュラが女性だということを察すると、安堵できたのかその手をシュラに預けた。そしてぴょんと跳ぶようにしてマリーンジェムへ乗り移ったのである。

最終的に、マリーンジェムのお客は最初の男女ペアの一組と、遅れてやってきた女性一人の計三人となった。

三人は一つのテーブルを囲み、和《なご》やかな雰囲気の中で会食を進めていった。

接客は言葉が通じるオー・ド・ヴィが前面に出て、ソムリエも兼ねる。シュラはそれを補助すると同時に、プリメーラの支度をフォローするという役割分担で進んだ。

　プリメーラは常にギャレーに向かって仕事をしている。もし客と目が合うようなことがあっても、落ち着いて礼するだけなのでそれほど負担を感じることもなかった。

　メインの食事が終わったところで、シェリーが感想を告げた。

「以前ここに来た時は、キャプテンとクルーが二人だけでしたけど、女性ばかりのクルーというのも華やいだ雰囲気でいいものですわね」

　するとオー・ド・ヴィはそれを翻訳し、シュラとプリメーラに伝えた。

　その言葉が一言二言に圧縮して意訳されたのは、客人に分からない言語で長々と会話をするのは失礼だからである。

「あら？」

　だが、オー・ド・ヴィの口から母国の言葉が流れ出た途端、シェリーは使用する言語を特地のものへと変えた。

「あなた方はファルマートの方なのかしら？」

「えっ……」

　それまで片言しか理解できない日本語で会話をしていたのに、突然自分に分かる言葉で話されてプリメーラは目を白黒させた。

　オー・ド・ヴィが素早く前に出て応える。

「はい、そうなので。お客様もファルマートご出身でいらっしゃいますか？」

「ええ、そうよ」

するとそれまでずうっと沈黙していたシュラが問いかけた。

「君は随分とニホンの言葉を流暢に使っていたね？」

「よい先生に教わったからですわ」

シェリーはくすりと笑って菅原を見る。すると菅原が苦笑しつつ特地語で問うた。

「君達は来日して日が浅いのかな？」

「はい。先月来たばかりなので」

「先月!?　だとしたら君の語学力は相当なものだ」

「彼は頑張っているからね。暇さえあれば、ポケットに入れた単語カードを捲《めく》ってるんだ」

シュラがオー・ド・ヴィを褒め称えた。

「必要に迫られて、急場凌《しの》ぎに身に付けただけなので、決して褒められるようなことでは……」

「いや、謙遜の必要はないよ。独学でそこまでいけたのなら立派なものだ」

オー・ド・ヴィは菅原に褒められるとはにかむように顔を伏せた。それは、もうこの話題は勘弁してくださいというポーズでもある。

しかし居並ぶ女性達は追及の手を緩めてくれなかった。

「ところで必要なことって……どんなことかな？」

明らかに日本人と分かる女性が、オー・ド・ヴィに問いかける。

それは、この話題が食後のアントルメに代わり、まだまだ続くことを意味していたのである。

打ち解けた雰囲気になったとはいえ、プリメーラ達はあくまでもマリーンジェムのクルーとしてここにいる。当然立場を弁え、客のプライバシーに踏み込むような発言は控えるべきだということも承知していた。

しかし気付くとプリメーラは、菅原やシェリーがどのような人物なのかを知ってしまった。そして自分達のこともすっかり喋ってしまった。全ては三人目のお客である望《もち》月紀子《づきのりこ》のせいである。自分達の故郷の言葉を流暢に扱うこの日本人は、巧みに水を向けてきたのだ。

「あなた方は知らない？　帝国の翡翠宮《ひすいきゅう》のロマンス。そしてその後帝国の外交使節としてこの国の政治家と互角に渡り合ったシェリー・ノーム・テュエリの名前を」

紀子は明らかにプリメーラをターゲットに絞って語りかけてきた。

もちろんプリメーラは目を瞬かせて頷いた。その時の逸話に勇気付けられたからこそ、シーラーフでは船上の答礼午餐会を行う決意を固めたのだ。

「実はこの娘がそうなのよ」

「や、止めてください、紀子さん！」

シュラがプリメーラに代わって尋ねた。

「貴女がシェリー様ということは、つまりこちらの男性が？」

「そう。彼こそが日本と帝国に跨がって高名なロリコン卿《きょう》、菅原さんなのよ」

「それは酷いですよ、紀子さん」

会食の静かな雰囲気は、これで一気に打ち解けたものとなった。プリメーラはオー・ド・ヴィやシュラの口を借りつつ、自分が経験した出来事を一気に喋ってしまったのである。

そもそもプリメーラは、自国の窮状を訴えるためにここにいる。ここにいるのが日本の外交官で、またその外交官達と互角に渡り合った物語の登場人物だと知れば、そしてその二人に聞いてもらえるとなれば、口を閉じておくことなど出来るはずがなかった。

「貴女が、アヴィオンの王女でいらっしゃいましたか。気付かず大変失礼をいたしました」

　プリメーラの素性を知ったシェリーは、立ち上がると伯爵位を持つ貴婦人らしくカーテシーで非礼を詫びた。菅原も紀子もそれに続いて立ち上がる。

　プリメーラは王女として答礼しつつ言った。

「もう存在しない国です。王家の血を引く者も今ではわたくし一人です」

　そこで冷静になると、自分が場にそぐわないことをしたことに気付いて不明を恥じるように頭を深く下げたのである。

「こんなこと、お客様には何の関係もないことですのに。申し訳ありません」

　オー・ド・ヴィがプリメーラの意を代弁して謝罪した。

「気にする必要はないわ」

「王女様の作った料理を食べたなんて自慢になるし」

　作ったのはプリメーラではないし、盛り付けただけなのだが、紀子はそんなことは気にしないとばかりに微笑んだ。

「そもそも紀子さんが悪いのですわ。翡翠宮でのことなんかを持ち出すから」

　するとシェリーが唇を尖らせた。

「でも本当のことじゃない。事実を淡々と伝えるのがわたしの仕事なのよ」

「プライバシーの保護を要求いたしますわ」

「公人のプライバシー権は限定されるわ」

「公職にないわたくしが公人ですか？」

「テレビやワイドショーに何回も出演してるじゃない。女伯爵とかシェリー伯爵夫人って……とっくの昔に公人だわ」

シェリーが紀子を窘《たしな》め、紀子が笑って首を竦めつつやり返す。そんな砕けた雰囲気がそうさせたのだろう。プリメーラは思い切って、恥の上塗りをする決意を固めた。シュラやオー・ド・ヴィを頼らず自ら口を開いたのである。

「シ、シ、シェリー様に、お願いしたいことがあります。ここまできたら、どう思われてもかまいません。無遠慮な女だと、どうぞご存分にお嗤《わら》いくださいませ。それでも、お願いしたいことがあるのです」

シェリーが居住まいを正して問いかけた。

「何についてでしょうか？」

「この国の有力な政治家に、わたくしを引き合わせていただけないでしょうか？」

「確かにわたくしでしたら知り合いの政治家をご紹介できます。この国の内閣総理大臣という、プリメーラ様のお父上が故国で就かれている統領に相当する立場にある方にも、お引き合わせすることも叶いましょう」

プリメーラはその言葉を耳にすると、救われたかのように愁眉《しゅうび》を開いた。

「この国の総理は親切なおじさまですから、プリメーラ様がお願いすれば、きっと『重大な問題である』とおっしゃってくれるでしょう。『直ちに部下に検討させます』という回答も頂戴できるはずです」

だがシェリーが口にした二言めを聞くと、プリメーラはたちまち落胆した。その言葉はこれまで日本の政治家達から聞き飽きるほどに聞かされた言葉であったからだ。それは、何もしないという意味に解釈される言葉なのだ。

「それでは意味がないのです」

プリメーラは俯くと落涙した。

「どうしてですか？　そうすれば、日本の政治家に故国の窮状を救って欲しいと頼みたい、という貴女の願いは叶うではありませんか？」

「シェリー様は意地悪です。それでは意味がないことはご存じのはず。わたくしは頼みたいのではありません。救って欲しいのです」

「だとすると、プリメーラ様のなさっていることはあまり効果的とは申せませんね」

「わ、わたくしが、間違っているのですか？」

「頼む相手を間違い、頼み方も間違っている。つまり二重の過ちを犯してしまっています」

「ど、どうしたら……」

「それをお教えするには、プリメーラ様のお覚悟を問わねばなりません」

するとそれまで温和な表情だったシェリーが厳しい顔つきとなった。

「プリメーラ様は、此度《こたび》のことに、どの程度の覚悟をお持ちですか？」

「ちょっと待った、シェリー。それでは話が違うよ！」

その時、菅原が日本語で割って入った。そして日本語を解さないプリメーラ達の前で、少し早口のやりとりを始める。

「それではまるで、彼女の返答によっては手伝う意思があるみたいに聞こえるよ」

「申し訳ありません、菅原様。わたくし、気が変わったんです」

「どうして？」

「プリメーラ様を見て、この方はあの時のわたくしと同じだと気付いたからです。帝権擁護委員部《オプリーチニナ》に追われ、カーゼル侯とともに帝都を彷徨《さまよ》っていた、あの時のわたくしと。そして今わたくしがこうしていられるのは菅原様にお助けいただいたから。そのわたくしが、同じように助けを求めているこの方を、どうして見捨てられるでしょうか？」

「わたしも、伊丹《いたみ》さん達や菅原さんに助けてもらったわ」

シェリーと紀子の言葉に、菅原はそうでしたねと頷いた。

「でも、江田島さんや徳島さんとの約束はどうするんだい？」

実は、今日の会食の席を設えたのは、江田島であり徳島であった。江田島が菅原を通じて会食を呼びかけ、徳島はプリメーラが病院でオデットの付き添いをしない日を選び、料理の手配も全て行ったのだ。

レストランのスタッフが忙しくて来られないから、プリメーラ達に接客を頼むしかなかったのも徳島の仕組んだこと。全ては自分の言葉に全く耳を貸さないプリメーラに、シェリー達から忠告してもらうためだったのだ。

「江田島様、徳島様にはわたくしのほうから後日お詫びにあがります。それに、たとえこうなったとしても、あの方々の意思から大きく逸《そ》れることになるとも思えません」

「どうして？　彼らは我々に彼女に諦めるよう説得して欲しいって言ったんだよ」

「いえ、あの方のお言葉は、この方に『世の中の仕組みを教えて欲しい』でした」

「そ、それは……確かに」

「それにこの方に諦めろと忠告させるなら、菅原様とわたくしだけでよかったはず。紀子様までこの場に加えたのは、別の思惑もあったはずなのです」

シェリーと紀子に共通するのは、口を開けて棚からぼた餅が落ちてくるのを待っているタイプではないということだ。二人とも運命に翻弄《ほんろう》され、生死の懸かった苛烈な状況に巻き込まれた経験がある。それだけに、状況を自分の手で望む方向に動かす意思と根性を持っている。料理人徳島が個性の強い食材を同じ鍋に二つも三つも突っ込む時は、そこに何かしらの狙いがあるからに決まっているのだ。

「菅原さん、わたしこのプリメーラさんに肩入れするわよ」

紀子の言葉に、菅原は深々と嘆息した。

「仕方ない。君達がそう決意したのなら、止めることなんて出来るはずがないからね。俺は黙って見ていることにするよ。もちろん事と次第によっては外務省の役人として成すべきことをしないといけないけれど」

「当然のことですわね」

こうして一同の同意を得たシェリーは、改めて鋭い視線をプリメーラに向けたのである。

プリメーラは、シェリーと紀子の鋭いまなざしを浴びると思わず顔を伏せた。しかし、それではいけないと気を取り直し、おそるおそる顔を上げる。

「か、覚悟とはなんでしょうか？」

「今、プリメーラ様の前には二つの道があります。それは有力者の手に縋り、助けてくださいと頼むだけの道と、邪神に身も心も、そして魂すら売り渡して目的を達成しようとする道です」

プリメーラはその迫力に圧倒され身を震わせた。

「い、意味が分かりません。わたくしはただ正義を求めようとしているだけなのです。なのに、どうして魂を邪神に売り渡すなんて真似をしなければならないのでしょうか？」

するとシェリーはシュラの差し出したお茶を一口含むと悪魔的に微笑む。

「正義などという言葉で自分を誤魔化すのはおやめなさい。縁もゆかりもない他所の国の方々に、自分のために戦い、人を殺め、死んで欲しいと求めるのですよ。それが魂を邪神に売り渡す所業でなく何なのでしょう？」

「わ、わたくしは故郷のために……決して自分のためなんかでは」

「プリメーラ様は誤魔化していらっしゃいます。正直におなりください。貴女がそこまでなさるのは、自分が嫌な気分になりたくないからでしょう？　結局は自分のためではありませんか？」

その時、プリメーラに見えるシェリーの瞳には、戦いに倒れていく騎士達の姿が透けて見えた。何人も何人も何人もの兵士が、劫火《ごうか》の中で、剣を振るい血潮を浴びて倒れていくのだ。

背筋がぞっとするようなその迫力に、プリメーラはシェリーの瞳から目を逸らすことが出来なくなってしまった。そして悟った。この見てくれの可愛らしい女性は、それを実際にやってきた人間なのだと。

コミュ障のプリメーラが他人と目を合わせたままでいるのは拷問にも等しい苦痛だ。しかしプリメーラは、悪魔に魂を握りしめられたように、そこから目を逸らせなかった。

「はい。そういう意味でなら、確かに、はい。わたくしは自分が嫌な気分になりたくないからこうしているのです」

「そのために、他国の若者に人を殺め、死んでくださいと頼もうとしている。そうですわね？」

「は、はい……おっしゃる通りです。しかしそういうことなら、わたくしはとっくの昔に魂を邪神に売り渡しています。わたくしは自分のために、シーラーフの侯爵公子と海軍の一個艦隊、そして大切な友人の名誉、その身体、さらにはオデット号の乗組員達を既に供犠《くぎ》として捧げました。ここで引き下がったら、その全てが無駄になってしまいます。彼らの遺族から、彼らは何のために死んだのかと問われたら、無駄死にだったと答えなくてはならなくなります。わたくしはそんなことに耐えられないのです」

真っ直ぐ向けられた瞳を見て、シェリーは満足げに頷いた。

「正直で大変結構ですわ。ならば、せめてプリメーラ様が『わたくしの望みを叶えるためにあなた方の命が必要だったのです』と答えられるようにしなければなりませんわね？」

プリメーラは無言で頷いた。

「では、これからどうすればいいかご教示いたしましょう」

「ど、どうすればいいのでしょうか？」

「ことわざに『泣かない子は乳をもらえない』というものがあります。しかし泣いただけで乳をもらえるのは赤子だけ。大人なら、ましてや国家なら、泣いたところで誰も決して手を差し伸べてはくれないのです。貴女のなさったことは、ただ泣いて見せていただけ。それで動いてくださるのは、よっぽどの騎士道精神の持ち主です。国公や貴族、騎士達が兵馬を握る国ならば、そういう酔狂な方の登場を待ってもよいかもしれません。けれどこの国は民主の国。そんな国に海賊退治に乗り出させたいのなら、そうしたいと人々に思ってもらう努力が必要となるのです」

「人々に思ってもらう？」

「はい、この国においては民衆こそが、貴女が同情を請《こ》い、頼み込むべき相手なのです」

14

シェリーはプリメーラの前に砂時計を置いた。

十分計だろうか。透明なガラスの中で、宝石を削ったような輝く砂が少しずつ落ちて溜まっていこうとしている。

「これは?」

「わたくしはよくこれを小道具に使います。特に誰かに決断を促す時によく効くのです」

シェリーは微笑みながら言った。

「この砂時計の時砂は、金剛石を研磨した際に出た削り屑《くず》です。美しく輝く小さな煌めき。けれど現実で流れ落ちていくのは命の削り粒です。こうしている間にも貴重な一粒一粒がこぼれ落ちています。一時も無駄にすることは許されません。これをご覧ください」

会食を終えた翌日、シェリーは紀子と共にマリーンジェムにやってくると、プリメーラとオー・ド・ヴィの前にドサドサドサと雑誌と新聞の山を積み上げた。

プリメーラは積み上げられた紙の束に慄《おのの》きつつ、その一番上に置かれた雑誌に手を伸ばす。そして表紙をめくった途端、素早く閉じた。彼女の目に巻頭を飾るグラビアアイドルの肌色の多いあられもない姿が飛び込んできたからだ。

傍らのオー・ド・ヴィが不思議そうに手を伸ばす。するとプリメーラはぴしゃりと彼の手を叩いた。

「子供が見ていいものではありません！」

「プリメーラお嬢様、私は子供ではないので」

オー・ド・ヴィの苦情を無視して、プリメーラはシェリーに問いかけた。相変わらずシェリーをまっすぐ見ようとせず、伏し目がちなままだ。

「シ、シェリー様、これは一体何でしょうか？」

「ここに集めたのは、この国で大勢の目に触れる読み物の一部ですわ」

「これが？」

プリメーラはその淫《みだ》らさに眉根を寄せた。

「この国ではこのくらいの表現は一般向けとして許容されているのです。これが帝国で『芸術』と呼ばれる種類の冊子ともなりますと、それはもう……」

シェリーはプリメーラの耳元に口を寄せて囁いた。

「ま、まあ……」

過激な言葉が囁かれたのか、プリメーラは耳まで真っ赤になった。

「コホン。しかし、このようないかがわしい書物を集めて、わたくしにいったい何をしろと？　まさか……このような淫《みだ》らな姿になれと？　た、確かにわたくしは未亡人。いまさら清純を気取るつもりもありませんが、魂を邪神に売り渡したとしてもそのようなことは……」

すると紀子が苦笑した。

「違う違う。これから貴女達がすべきことは貴女の故国で起きていることを、こうした新聞や雑誌に書いてもらうようにするってことなのよ」

「こ、これ全部にですか？」

プリメーラはテーブルを埋め尽くす雑誌の数々を見直した。

「まさか!?　それで全部な訳ないでしょ」

「そ、そうですわよね。このうちの何冊かなら……」

プリメーラはほっと胸を撫で下ろす。しかし続いた紀子の言葉に絶句することとなった。

「こんなのはごく一部ってこと。それだけじゃなくって、ニュース番組、ネットの放送、国内外の全てのメディアに取り上げられることが目標よ」

「そ、そんな無理です！」

「無理でもやるの……そうしないと貴女の故郷は救われないのよ」

「う……」

「失礼ですが、ノリコさんのご職業はジャーナリストなのですか？」

方針が定まって実務の段階に話が進むと、それまで黙していたオー・ド・ヴィが口を開いた。実際に仕事をするのは彼だからだ。そしてオー・ド・ヴィには危機感があった。このままでは操り人形みたいにシェリーと紀子の二人に踊らされるだけになってしまう。もちろんそれで上手くいくかもしれない。しかし上手くいかないかもしれない。しかも代償としてとんでもない要求をされるかもしれない。

また、紀子がチャンと同じようなジャーナリストだとするならば、自分達が正しく扱われるとは限らない。この状況を自分にとって都合よく利用する目論見《もくろみ》があるのかもしれない。それがティナエにとってよい結果に繋がるかは甚《はなは》だ疑問だった。

最悪の事態を避けるためにも、シェリーや紀子がどのような人物で、何を目指しているのかを見極めておく必要がある。

すると紀子は言った。

「私はジャーナリストじゃないわよ。私の仕事は、起こった事実を淡々と伝えること。だから私は自分の仕事をファクト・プロバイダーって呼んでる」

紀子は、起こった出来事を淡々と列記するだけの情報交換の場を主宰《しゅさい》していると語った。

「それはジャーナリストとは違うのですか?」

オー・ド・ヴィは軽く首を傾げた。

「うん、違うわ。ジャーナリズムっていうのは、記者やライターが、皆の好奇心を刺激し、儲かりそうなこと、あるいは人々に信じさせたいと思うことを、真実だろうと嘘だろうとお構いなしに飾り立て、加工した形で書き連ね、ここにあるような新聞や雑誌、テレビなどで広めることだもの」

「そ、それって……」

オー・ド・ヴィは、かつてチャンから聞いた話と違っていると指摘した。彼は、自分の仕事をもう少し高尚なものであると語った。不正を暴いたり、影に隠れた矛盾を指摘したり、社会を良くするために役に立つ職業だと言っていたのだ。

「もちろん辞書を開けば別のことが書いてあるわ。けど、言葉の意味って日々変わっていくものよ。カルタゴの言葉で『象』を意味するカエサルという単語が、人の名となり、やがて皇帝を意味する単語へと変化したように、言葉は使う者の行動によって意味がどんどん変化していくの。元々は敬語だった『お前』や『貴様』という言葉が、今ではその意味を失ったのも、人々が上辺は尊敬を装いながらも腹の内では侮蔑を含んでその言葉を放ってきた結果よ。ジャーナリズムという言葉もそう。事実はこうだと彼らがどんなに言い張っても、現実の彼らの行動を見れば、どちらが正しいかは明らか。つまりジャーナリズムを貶めたのは私じゃなく彼ら自身なの。もし違うと言いたいなら、彼ら自身が自らの手でジャーナリズムを貶める仲間を淘汰《とうた》してから言うべきね」

「そして貴女のしていることは、それとは違うと？」

「ええ。評価するのは、もちろん私じゃないけどね」

紀子は語る。

彼女が主宰する情報交換サイトは、もっぱら特地に関する情報を扱うことから始まった。

情報を書き込んだり利用するのは実際に現地で活動するビジネスマンや旅行者だ。

彼らは特地で見聞きした事実を百四十文字以内で報じる。しかし伝聞や憶測は容赦なく削除される。記述できるのはあくまでも事実を伝達しているものに限られる。

しかし、たとえ事実であったとしても、それは報告者の目に映った主観的な文章であるから、ヘッドラインには「いつ」「どこで」「誰が」「何を」「どうして」「どうなった」の要素のみが抽出されて掲載される。

こうした記事には当然報告者の署名がある。そのため同じように特地でビジネスをしている他の報告者から、信頼度、新鮮度の評価がなされる。報じた内容が正しく新鮮であれば信用が高まり、間違いが多ければ下がっていく。嘘ばかりであれば当然、誰からも相手にされなくなる。グルメ情報サイトの口コミ覧にありがちな、不味かった、サービスが悪かったとかいう感情に任せて書かれた要素はこうして落ちていくのだ。

特筆すべき点は、情報要求という項目があることだ。

例えば「近日、特地の××地方に商談で行きたい。誰か長期滞在できる宿屋の情報よろ！」と書き込むと、それに応えるように近くを旅した者が見聞きした情報を送る。

「××宿屋。一泊食事付き銅貨×枚。立て付け悪く隙間風あり。シーツは毎日交換してくれる。(写真は禁止。添付するなら動画。しかも被写体だけでなく、撮影者及び被写体の周囲三百六十度を映し取らなくては削除される。一部分だけ切り取った映像は印象操作の常套手段だからである)」

といった感じだ。

求める情報は物の値段、流通の状況、治安状況、天気、あるいは現地の政治状況でもよい。そのためこの特地の情報交換サイトは、日本はもちろん各国の政府関係者も閲覧するという。

紀子は、ここまでが自分が主宰するファクト・プロバイダーグループの役目だと語った。そこから先は一切関与しないのだ。

「読み手にこう思って欲しいとか、これを伝えたいとか、情報を発信する者が想いを込めると、それはもう情報操作になるから出来る限り排除するの。ただ、こういった一次情報はそのままでは使えないことが多いわ。その情報資料が、どういう意味を持っているかは大抵の人間は理解できないから。その出来事が、何を意味するのか、誰かが評価処理をする必要がある」

それはアナリストの仕事だと紀子は言った。

幸いにして紀子がファクト・プロバイダーを立ち上げると、程なくして自称アナリストが大勢登場して「まとめ活動」を始めた。

彼らは情報資料を漁り、それらが意味することを解説している。

いい加減な解説をする者もいれば、微に入り細を穿つ有用な分析をする者もいる。自分の主義主張に沿った形で牽強付会《けんきょうふかい》な理屈をこねる者も当然いる。そういう分析サイトには、そういった論調を好む者達が集まっているのだ。

「××という帝国からの南方航路の船が、予定を大幅に過ぎても港に入らない」

「××という船にアメリカ人が乗るのを手伝ったが、帰ってこない」

この情報に着目したのもそんなアナリストの一人だ。そのアナリストは自分が主宰するまとめサイトに、この二つの情報を根拠として「アメリカ人が特地で遭難した可能性がある」と論じた。

それ以降のことはどこにも書かれていないので紀子は知らないが、これが米国務省の目に留まった。そして日本の外務省を経て、日本政府を動かすことへと繋がったのである。藤堂や江田島らが現地に入ったのもそんな経緯が背景にあった。

ジャーナリズムと自分の仕事の相違点を、このように語った紀子はそのまま続けた。

「もちろんジャーナリストの仕事を無価値だなんて言わないわよ。世の中の潮流を導き出したり、雰囲気を作ったりする力を、彼らは充分に持っている。彼らが書いたもの、彼らが報じるものに耳を傾ける人間はまだまだ多いから。けど、真実は、彼らが独占するものではなくなったわ。誰かが何かを声高に叫んでいる時、そこにどんな意図があるか私たちは見破れるようになりつつある」

当初は、ファクト・プロバイダーに掲載されている情報は特地の情報に限られていた。

しかしその有用性が認められるようになってくると、特地のみならず銀座側世界の政治、経済、企業、文化、芸能等々の情報も取り扱われるようになったのだ。

「そうでしたか……」

実際、ノートパソコンを見せられ、その液晶画面に表示された情報の数々の中に「ファクト・プロバイダー」に関する記述を見つけると、オー・ド・ヴィも納得せざるを得なかった。

「ここには誰でも書き込むことが出来る。当然貴方達もよ。ここを見ているジャーナリストも多いのよ」

「しかし、ここに書いた程度で、彼らに関心を持ってもらえるのでしょうか？」

「その心配は当然よね。でもね、何をするにしても、最初にここに書かれていることが大切。あなたのお姫様が、ジャーナリストに会って海賊のことを訴えたとするでしょ？関心を持った相手は、きっとここを読んで確認しようとする。その時、実際にここに書かれていれば、あなたのお姫様の言葉の説得力が増すでしょ？」

オー・ド・ヴィは頷きながらも唇を尖らせた。

「プリメーラお嬢様は、『私の』お姫様ではないので」

「あら、そうなの？」

紀子はそう言いながら、オー・ド・ヴィにアカウントを作らせ、自分が見聞きした事実を淡々と書いていくよう勧めた。

「分かりました。では……」

オー・ド・ヴィは海賊被害に関心を持ってもらうため、『海運が滞ったことで何万人もの子供が飢え死にの危機に瀕している』と書き込んだ。

すると紀子は問いかけた。

「それって本当？」

「いえ、今はまだそうなってはいないはずです。でも放っておけばいずれそうなります」

「注意することは一つ。嘘はダメ。絶対にダメ。必ず誰かにチェックされる。そして信用を失う。そのことだけは、決して忘れないでね」

「分かりました」

オー・ド・ヴィは素直に頷くと、両の手の人差し指でキーをパチパチと叩きながら書き込んだ内容を消去する。そしてもう一度書き直した。

『アヴィオン海では海賊が出没して、多くの被害が出ている』

「ダメよ。まずはティナエという国があることからね」

「えっ、そんなことから？」

「だって、ただアヴィオンだのティナエだのなんて言われたって、どんな場所でどんな国なのか誰にも分からないもの……って、さすがにもう書かれているか。誰の書き込みかしら？　知らないヒトね。でも凄く信用度の高いヒトみたい」

署名にはトウドウとあった。紀子は首を傾げているが、オー・ド・ヴィにはそれが誰であるか即座に思い当たった。

ここに書き込まれる情報は、キーワードを起点に関連項目が蜘蛛の巣状に連接して記される。一項目に書き込める内容は少ないが、その全てを追っていくと時事情報だけでなく事典的な解説にもなるのだ。

アヴィオン海の項目は、位置や、旧アヴィオン王国、そして七つの国の記述へと関連付けられて広がっている。そこからティナエの記述と結びつけられて、正式名や位置、政体、産業、経済状況の説明へ広がっていく。

海賊が出没していることは、既に複数人の手で書かれていた。

「それじゃあ、まずこの情報の評価をして……」

オー・ド・ヴィはスレッドのマークをクリックし、トウドウの書き込みの内容が自分から見ても正確であることを裏書きした。間違っていることや時間経過で変化したことは加筆修正する。そしてそこにまだ書かれていない海賊による損害の状況を書き込み始めた。

「被害の具体的な数字はないの？」

「数字ですか？」

「多いとか、少ないとか、見る人によって受け止め方の変わる表現は情報じゃない。感想よ。扱うのはファクト。何よりも大切なことは事実なの。多い少ないと書きたくなった時は、十件以上とか十件以下とか記述して、とにかく確かな数字を前提にする」

「そうは言われても、被害の総数や被害額の合計なんて資料、見たことがないので……」

海賊によって拿捕《だほ》されたり沈められたと思われる船があまりにも多過ぎて、いちいち記憶していなかったのだ。

しかしふと思い当たりオー・ド・ヴィは突然書き込みを始めた。

「ランドール号、遭難。×年霧月《むつき》……乗組員二百五十名」

彼は統計的な数字は知らないが、『黒い手』に所属していたため、具体的な出来事を調査する機会が多くあった。何という船がいつ沈められて、何という船が拿捕されたか、自分が関わった範囲だけならばはっきり覚えていたのだ。もちろん機密ではない公開情報だからどこで語っても問題となることはない。

「そう。その調子よ。そして最後に、プリメーラ様のこともちゃんと書いてね」

紀子はそのまま続けるよう告げた。

「さて、彼が頑張っている間に、わたくしたちも始めるといたしましょう」

オー・ド・ヴィが慣れないパソコンの操作に悪戦苦闘を始めたのを見ると、シェリーはプリメーラに告げた。

「始めるとは、一体何をでしょう?」

「今、紀子様の話を聞いて、ジャーナリストとはどのような人だと思われましたか? わたくし達の世界にも、ちょうど似たような職業で生計を立てている者がおりますけど」

「吟遊詩人でしょうか?」

吟遊詩人は、自分の奏でる曲や歌に聴衆がうっとり聴き惚れることを無上の喜びとする。

自分の紡ぐ言葉と音楽によって人々が喜び、悲しみ、時として怒る。他者が感情を揺り動かされる姿を見て自分の全能感を満たす。それを動機に、ありもしない荒唐無稽な話をあたかも事実のように物語るのである。

それが創作領域でなされるならば芸術だ。

音楽であり、演劇であり、映画であり……しかし、実際には創作の能力を持つ者は希少だ。だからそうした天稟《てんぴん》を持たない者は、事実を利用する。しかし皆が興味を持つような事柄を見聞きして掘り返すにも、才能と幸運が必要だ。そういった幸運と能力に欠けている者は、皆の好奇心を誘うように有名人の隠された醜聞をほじくり返し、面白おかしく囃し立てては日々の糧を得るしかない。そして現実的にはそういう人物のほうが多い。

「吟遊詩人が語りたがるのは、どういう人物でしょう？」

シェリーの投げかけた問いについて、プリメーラはしばし考えた。

「物語の主人公のような活躍をした者、あるいは皆が既によく知っている人物……でしょうか？」

「正解ですわ。彼らに関心を持ってもらうには、皆の関心を強く惹く存在にならないといけないのです。幸運にもプリメーラ様はとてもよい条件をお持ちです」

「と、おっしゃいますと？」

「若く、美しく、そして小国とはいえ高貴な王族の姫君。海賊に、愛する王子を奪われた悲劇の人……大勢の方々が関心を抱いて同情するでしょう」

シェリーが無邪気に口にした愛する王子という言葉がプリメーラの胸にチクリと刺さる。

「……」

「？」

「いえ、なんでもありません」

「はい。そこを強調して歌ってもらえば、貴女は皆がよく知る物語の中の人となります。人々は貴女の言葉をこれまでとは違った受け止め方をするでしょう」

「それでみなさんがわたくしの言葉に耳を貸してくださるようになるのなら素晴らしいことです」

「しかしそれには当然悪い側面もあります。皆が注目するということは、好奇の目に曝されるということでもあるのです。その激しさは、時としていたたまれなくなることもあります。今ならまだ引き返すことも出来ますが、どういたしますか？」

シェリーはイギリスという王国の元皇太子妃が、記者達に追い回された揚《あ》げ句《く》事故死した悲劇を語った。皆の好奇心を煽るとはそういう側面もあるのだ。

決断を迫られたプリメーラは、傍らで自分をじっと見つめるアマレットを見る。

そしてモニターに向かって無心にキーボードを叩くオー・ド・ヴィに視線を移した。

アマレットは、プリメーラがどのように返事しようと構わないと思っているのか、優しい笑みで彼女をじっと見つめていた。

オー・ド・ヴィは振り返ると軽く頷き、この話を受け容れるべきだと促した。

テーブルの上に置かれた砂時計の砂は、もうじき尽きようとしている。それを見てプリメーラは時間がないのだという現実を思い出す。こうしている今も、船が一隻拿捕されるか、沈められているかもしれない。

「や、やります」

「大変結構です。では、参りましょう」

シェリーは砂時計を取り上げると立ち上がる。

「ど、どこにでしょう?」

「もちろん、吟遊詩人の所にです。貴女のことを盛大に歌ってもらわなくてはなりませんから……」

＊　　＊

「ここは?」

シェリーが、プリメーラとシュラを引き連れて向かったのは、とあるテレビ局の受付ロビーであった。

「シェリーちゃん、元気だった!?」

受付で名乗り、面会を希望する相手の名と所属部署を告げる。

すると程なくして、エレベーターの中から齢《よわい》三十くらいの女性が凄まじい勢いで飛び出してくる。そして小柄のシェリーにがばっと抱きついた。

アマレットは咄嗟《とっさ》にプリメーラを庇ったが、シェリーがされるがままなのでそこまで警戒はいらないと見て構えを解いた。

「晴海《はるみ》さま、お元気でしたか？」

「もちろんよ。でもシェリーちゃんがちっとも遊びに来てくれないから、お姉さん寂しかったのよ！」

「伯爵夫人。この方はどなたでしょう？」

アマレットがシェリーの耳元に顔を寄せて囁く。

「数多いる吟遊詩人の中のお一人。以前からわたくしのことをテレビ番組で取り上げたいとおっしゃってくださっているのです」

「て、てれびでございますか……」

アマレットは日本に来て最初にテレビを見た時の驚きを思い出した。

「何を喋ってるの？　今のって特地の言葉よね？」

晴海が傍らに立っているプリメーラとアマレットを見て、シェリーに問う。

「この方はどなたですかと問われたので、優秀なテレビ局のディレクターですって、お答えしたんです」

「そんな優秀だなんて……お姉さん照れちゃう。でも、ピンクブロンドの美女とお付きのメイドさんか。絵になる二人ね。シェリーちゃんのお友達？」

「はい。最近できたお友達ですわ」

シェリーはそう言ってにっこりと微笑んだのだった。


場所を応接室に移した晴海は、シェリーから相談されると唸った。

「うーん、なるほどねえ。確かに取り上げるにはもってこいのキャラクターね。亡国の姫君っていうのもいい。大公女アナスタシアの映画みたくて。でも本当にいいの？　来日紹介だけならともかく、こんな話まで流したら、プライバシーなんてなくなっちゃうのよ」

シェリーが事前に確認したようなことを、このディレクターも問いかけた。

そこでシェリーも、プリメーラに再度尋ねた。

シェリーも日本で生活してそれなりに長い。閉門騒動で菅原と分かたれてしまってから、菅原の両親の元に寄宿し、お嬢様学校に通わせてもらった。そして今春からは大学生である。日本にもすっかり慣れているだけに、テレビに出ることの影響も分かる。それが特地人には到底想像できないレベルであることも。だからこの席で、具体的にどれだけのことが起こるのか、噛んで含めるように説明したのである。

「目立つというだけで蛇蝎《だかつ》のごとく嫌われ、罵られることもあります。こちらへの愛情の具合が歪んで、あたかも長年連れ添った恋人のごとき気安さを勝手に抱く方もおいでです。こちらは知らないので当然そのように扱いますが、そういった方が無視されたとおっしゃって異様に怒り出すこともあるのです……」

するとプリメーラは自嘲的に笑った。

「覚悟ならば、とうの昔に出来ています。そのようなことは、方向性は違えども故国でも普通にありましたから。それに、こちらの方々にどう思われていようと向こうに帰ってしまえばどうでもよいことです」

アヴィオンの王制復古派からは旗印として担がれ、反対派からは命を狙われる。近付いてくる者の多くは自分を利用しようとする。笑顔を向けられたとしても、腹の底では何を考えているか分からない恐ろしい人間ばかり。だからこそ、プリメーラはコミュ障になった。同じようなことがこちらでも起こるだけ。つまり今更なのだ。

そんなプリメーラとシェリーのやりとりを見ていて、晴海は首を傾げた。

「ちょっと気になったんだけど、この娘、相手を見て喋れない系？」

「はい。そのようです」

「それだと、テレビはきつくない？」

「いいえ、お願いします」

プリメーラは必死に顔を上げると晴海を見た。必死さゆえか、きりっと結んだ口元が強い意志を感じさせた。

「なら、いいわ。お付きの人を介して喋るというのもなんか高貴な感じがしていいもの。早速上に企画を出しとく。出来ればシェリーちゃんのことも大きくとりあげたいんだけど」

「そのお話はお断りしたはずですわ」

菅原とシェリーのことは日本でも一時話題になった。閉門騒動以降、シェリーがこちらに取り残されてからは、しばらく雑誌やテレビのネタとされたのだ。

菅原の両親は、未来の嫁を未成年の私人としてマスコミから庇おうとする。しかし帝国側の代表団の一員として講和交渉に参加するような者は、未成年とはいえ公人だろうというマスコミ側の主張が、押し通ってしまったのだ。

だが、シェリーの姿をカメラに収めようと蠢動《しゅんどう》するパパラッチに対し、シェリーの堂々たる振る舞いと弁舌は彼女の人気を不動のものにする結果となったのだ。

そしてそれが晴海との縁の始まりでもあった。晴海は以前から自分が担当する情報バラエティにシェリーを出演させようとしている。ネットの広まりにより、斜陽化しつつある電波放送の情報番組に新風を吹き込むため、異世界人の目に映る日本の世相についてコメントさせたいらしい。

しかしそれは今日の主題ではない。

シェリーは上手に誤魔化すと、プリメーラのことを頼むと晴海に念押ししてテレビ局を後にしたのだった。

「では、次に参りましょう」

テレビ局を出たシェリーは、タクシーに乗り込むと言った。

「次？　どこですか？」

「スタイリストのところです。事を始める時はまず実現可能な目標を定め、動き出したら断固として、一気呵成《いっきかせい》に、勢いよく進めていかなくてはなりませんから」

＊　＊

数日後、午後二時〜四時台に放送される情報バラエティ番組で、特地のアヴィオン王国最後の王女が来日しているという情報が流された。

そこで最初に映されたプリメーラは、慎ましやかでありながらもどこか華を感じさせる喪服に身を包み、薄桃色の髪を綺麗に結い上げた頭部に宝冠《コロネット》を戴いていた。それは人々が王女に抱くイメージ通りの姿であった。と同時に喪に服していることを意味する黒の衣装が、彼女の身の上に悲しい物語があることを匂わせた。

こうして視聴者の興味を掻き立てたＶＴＲが終わり、カメラがスタジオを映す。

そこには清楚で親しみを感じさせる衣装に変わったプリメーラが待ち構えていた。

「日本においでになって、どのような感想を抱かれましたか？」

インタビュアーが一問一答形式で尋ねていく。通訳にはシェリーが入り、こうした場に慣れないプリメーラをさりげなくフォローする。

プリメーラは語った。

「『門』を潜り銀座の夜景を見た時、別世界のような——実際別世界ですが——光景に目を奪われました。美しい夜景は、星の瞬きよりも鮮烈でした。昼になってから、もう一度街を見ると、その清潔で整然とした景色にもう一度驚きました……」

その後スタジオでは、プリメーラが日本に辿り着くまでに体験した数々の冒険が語られた。海賊の襲来、王子との結婚。そして王子の死。巨大な鯨の襲撃。キーワードだけ並べればお伽噺《とぎばなし》そのものだ。しかし馴染みのあるそれが、実際に体験した人の話となると、人々もグイグイ引き込まれることになる。

プリメーラの名前は、こうしてお茶の間の視聴者に強烈な印象を残したのである。


「プリメーラ姫って誰？」

人々の発する問いに答えるように、女性週刊誌、写真週刊誌がプリメーラの写真を次々と掲載していった。

プリメーラも、これまでほとんど政治家達から相手にされなかった鬱憤《うっぷん》を晴らすかのごとく、次々とやってくる記者達のインタビューに応えては写真撮影にも快く応じた。

望月紀子はそれらの記事が載った雑誌や新聞を携え、新木場のヨットハーバーへと向かった。

「こんにちはー」

日本語で声を掛けながらマリーンジェム号に乗り込む。するとサロンでは、プリメーラが記者のインタビューを受けている真っ最中であった。

「ごめんよ、今いんたびゅーってのの最中なんだ」

マリーンジェム号ではシュラとアマレットが迎えてくれた。オデットの付き添いは、多忙となったプリメーラが抜け、シュラとアマレットが交代で担当している。オデットもリハビリが進んでほとんどのことを自力でこなせるようになったので、付き添いといってもあまりすることがないところまできていた。

紀子が船内を覗き見る。

「うまくやってるみたいね」

見ると、プリメーラと記者の女性とが向かい合い、間にオー・ド・ヴィを挟む形でやりとりしている。彼らの目には、プリメーラの伏し目がちな姿も奥ゆかしさと映るらしい。

シュラと紀子は静かに船内サロンへ入った。

記者がプリメーラの言葉に頷いた。

「そうでしたか。大勢の方が姫の眼前で亡くなられたのですね？　痛ましいことです」

「……」

するとオー・ド・ヴィがプリメーラの囁きを受けて続けた。

「もしあの時、ニホンの軍船に救っていただけなかったら、わたくし達はきっとここにいることは出来なかったでしょう。しかし、実際には、わたくしのような幸運に恵まれない者が大勢います。これ以上の犠牲者が出ることを防ぐためにも、ニホンの方々のご支援をお願いしたいのです」

プリメーラはこうして読者に、視聴者に、海賊退治の助勢を求めたのだった。

「……そうですか、分かりました。また、是非お願いいたしますね。ねぇ君、今度は二人で会ってみない？」

取材を終えた女性記者は、オー・ド・ヴィが気に入ったのか、そんな言葉と共にウインクをすると、カメラマンと帰っていく。

彼らが帰り、見知った者ばかりになるとプリメーラはソファーに倒れるように横たわった。

「もう、疲れました」

「プリメーラお嬢様。次の予定は……」

オー・ド・ヴィが予定を読み上げようとする。しかしシュラが言った。

「ノリコが来たよ」

するとプリメーラは、待っていたとばかりにがばっと起き上がった。

「ノリコさん。記事、記事を見せてください！」

早速、テーブルに積まれた週刊誌を開いてみる。そして紀子に読み上げてもらった。

そこにはプリメーラの日本滞在記、異世界の王女が日本でどんなものに興味を示したのかといったことばかりが書かれている。プリメーラが期待していた、憎き海賊を退治すべしという論調が全く見られない。

「どうして、こんなことに」

どの記事を見ても、海賊に故国が脅かされていることは書かれていない。書かれていたとしてもごくわずかだ。これでは日本が海賊退治に乗り出そうという機運も生まれない。

すると紀子は少しばかり突き放すように言った。

「富貴を極めた王女が、貧困で苦しむ者の話をしても切迫性に欠けてしまうのかもしれないわ」

金銀をちりばめた豪華な調度品に囲まれた王女が、恵まれない子供のためにと一般国民に善意を請うことの荒唐《こうとう》無稽《むけい》さは言わずもがなだ。しかも日本は、海賊というものに対する危機感情が極端に薄い。海賊に襲撃された経験も皆無に等しく、海賊といえば映画や漫画に登場するイメージしかない。そしてその手の作品では、大抵は海賊側が正義で、取り締まる側が悪漢のごとく描かれている。

「どうしたらいいのでしょう？」

「彼らにとっては遠い異世界の話だからね。彼らに危機感情を抱かせるには、彼らにとって身近な話をするのがいいかもしれないわね」

するとオー・ド・ヴィが続けた。

「人間は家族、友人、仲間が危ない目に遭うと、身近な出来事としてそれを感じるので。プリメーラお嬢様、この際、ご自身の体験談ばかりでなく、チャンの話をしてみてはいかがでしょう？」

「チャン……それは誰だったかしら？」

プリメーラは首を傾げた。どうやらチャンのことは印象に残っていないらしい。

「一緒に救命ボートに乗った仲なのに……可哀そうな奴」

シュラは苦笑しつつ、チャンがどんな人間であったかプリメーラに説明した。

反応は激烈であった。

チャンの名を出すと、たちまち大手新聞社社会部の記者が押し寄せてきた。これまでの雑誌やテレビの取材と同じつもりでインタビューに応じたプリメーラは、いささか不躾《ぶしつけ》な彼らの態度に大いに面食らうこととなった。

「こちらの世界のジャーナリストが、奴隷として売られたということですが、それで、そのジャーナリストはどうなったのですか？」

古村崎哲朗《こむらざきてつろう》とかいう記者が、今にも食いつきそうな勢いで迫ってくる。

「……」

勢いに圧倒されたプリメーラは口が重くなる。するとますます口を割らせようと古村崎は強く回答を迫った。

「無礼もいい加減にしないと殺しますよ」

そんな態度のオー・ド・ヴィに、古村崎達は目を白黒させた。そして彼らが怯むと少年はプリメーラの許可を得て、自称ジャーナリストのチャンという男が海賊に囚われ、奴隷としてティナエの商人に売られたこと。そしてそれが最終的に、江田島と徳島という名の二人の日本海軍軍人によって救い出されたことを語った。

「軍人ではないので。確かこちらではジエイカンというのでしたね」

「つ、つまり、我が国の自衛官が姫様の国で救出作戦を行ったと？　それは本当ですか？」

「ええ」

「こうしちゃいられない」

たちまち古村崎は、仲間の記者達と共に会社へとって返した。そして各社の夕刊、さらに翌朝刊には、次のような見出しが大きく躍ることとなったのである。

「海上自衛隊、特地で秘密作戦!?」

「シビリアンコントロールはいずこ？」

それは政府が秘密裏に武力行使を伴う作戦を決行した疑いがあると報じる内容であった。

ご丁寧にも古村崎は、被害者となったアメリカのチャンに電話して裏取りしたらしい。プリメーラ達の説明を裏打ちするチャンのインタビュー記事まで載せたのである。

15

新聞が自衛隊の暴走を大きく報道し、批判の声を煽り立てると、それに呼応するように野党の議員達が早速この問題を俎上《そじょう》に上げた。

「そーり！　そーり！　これは一体どういうことですか!?」

予算委員会で自衛隊の暴走ではないかと騒ぎ立てる野党議員に対し、時の防衛大臣、日高勁《ひだかつよし》は以下のように答弁している。

「ここに取り上げられている海上自衛官の二名は、この時、調査研究活動の一環として現地政府の許諾の元で情報収集活動にあたっておりました。その際、現地の奴隷商に囚われていたアメリカ人ジャーナリストのチャン某氏《なにがし》を発見、人道的見地からこれを救出するため、現地商人と交渉し、円満にその身柄を引き取ったという次第です。ですから報道されているような秘密救出作戦でもなんでもないのです。治安状態が著しく低下している現地で、治安当局者の誤解を受ける場面があり、緊急避難的に現地海軍の船に逃げ込まなくてはならないほど緊迫した状況はありました。しかし武器使用、実力行使に及ぶことは一切ありませんでした。海賊と現地海軍との戦闘に巻き込まれるなどのこともありましたが、この時も二人は自衛官という立場で武力行使や武器使用などの一切をしておりません」

その落ち着いた口調には、前もって周到に練られた答弁が用意されている様子が窺えた。

野党議員達はその分厚い防壁のような答弁を前に攻め倦《あぐ》ねたが、隙を探るためにさらに質問を続けた。

「プリメーラ姫が、日本の軍艦に救われたとも証言している。海上自衛隊の艦船が、現地の武装船舶と交戦するといった事態があったのではないのですか？」

「海上自衛隊の艦船が、海賊と交戦するようなことは起きていません。たまたま現地で海洋調査にあたっていた自衛艦が、特地甲種四類害獣、通称『鎧鯨』と交戦したのは事実ですが、これは特地特別法において自衛隊に付与された任務の一つ、害獣駆除であると認識しております。漂流していた現地人を収容したのは、その途中であったというのが事実です」


「どうして、こうなってしまうのでしょう」

テーブルに新聞を広げたプリメーラは、世論が自分の意図したものとは異なる方向へ流れていることを嘆いた。

国会でこのことが大きく取り上げられてから、新聞やテレビが連日報じるのは、野党と政府のやりとり、そして現地の海で怪獣と戦った潜水艦『にしお』と『きたしお』の話題ばかりである。海賊の問題が全く出てこない。これでは意味がないのだ。

「そうでもないわよ」

しかし紀子は、シェリーと共にアマレットの淹れたお茶を喫しながら嘯いた。

紀子は新聞に書かれた大臣の答弁を指差す。

「国会で、大臣の答弁に海賊という言葉が出ている。これは大変な前進なの」

もちろんプリメーラには、その意味が全く理解できないから首を傾げる。

「どうしてですか?」

シェリーが解説を継いだ。

「一国の大臣が、野党から発された問いに対して答える際にその言葉を用いたということは、少なくともこの国の政府が、現地で海賊が活動していると認識しているという意味になるからですわ。従って向後《こうご》は政府に対して、海賊の出没を見て見ぬ振りをするのか、それとも助けるのか、どちらにするのかと問いかけられるようになるのです」

シェリーはしてやったりと微笑む。

ささやかな単語一つが意味することの大きさに、プリメーラは瞼を瞬かせたのであった。

＊　＊

さて、徳島である。

徳島は、江田島が本省で仕事をしている時は、もっぱら雑用を中心に行っている。業務用車の運転に始まり、江田島に渡された仕事をこなすのだ。

しかし有能な江田島はあまり徳島に仕事を振ろうとしなかった。大抵のことは自分でやったほうが速いからだ。あるいは特地で徳島を酷使することに配慮し、その分のバランスをこちらでとろうとしているのかもしれない。そのため徳島は溜まった有休を順調に消化しつつあった。

休みの日の今日、徳島は再び新木場のマリーナにやってきていた。

マリーンジェムの電気系統の点検、新鮮な水の補給、汚水の排出、エンジンの保守といったことをするためだ。もちろんプリメーラ達の様子を見ることも含まれている。

「やあ、司厨長！　待っていたよ。出航の用意ならしておいたよ。やあ……メイベルも。君はいつも司厨長と一緒だね」

すると犬が待ちわびていた主人を迎えるような勢いでシュラが飛び出してきた。蒼髪の少女はそんなシュラの挨拶にうんざりした顔で応じた。

「当然であろう？　躬はハジメの尊父の被保護者でもあるからな」

被保護者、要するに徳島の父はメイベルの里親にあたるのだ。

初めて聞いたとばかりにシュラは徳島に補足を求めた。

「メイベルは未成年だからね。日本では未成年者に保護者がいないのは問題ありなんだ。で、そういう手続きをしたのさ」

だからこそメイベルはアルヌスと銀座の行き来も自由自在なのである。大手を振って徳島の部屋に転がり込むこともできる。

ちなみに里親制度は、銀座事件によって両親を失った児童が大量に発生し、現行の施設や制度では対応しきれなくなったこともあり、相当の変更がなされた。閉門騒動で一人放り出されたシェリーが、菅原の両親の下に引き取られたのもその制度変更があったおかげであった。

「君の御尊父は、よくもまあこんな得体の知れない子を引き取ろうだなんて思ったね……」

シュラは苦笑を禁じ得なかった。

「四人の子供が五人に増えたところで大して変わりはない、家族が多いのは悪いことじゃないって親父は言ってましたよ」

「実にあっぱれな心延《こころば》えの男じゃった。こういう男が親だから、ハジメのような子が育つのじゃなと躬もしみじみと思ったものじゃ」

メイベルは感心した口ぶりで言った。

「鷹揚《おうよう》なんだねえ」

「実際、函館の親父が面倒見る訳じゃないですしね」

「メイベル。君は司厨長が仕事に出ている間は何をしてるんだい？」

「無論、仕事じゃ。手が空いているなら家族を手伝うのは当然であろう？」

「仕事？　君が？」

シュラは補足を求めて徳島を見た。

「こいつ、兄貴のレストランで働いてるんです」

「彼女が接客？」

「セルヴーズも皿洗いも無難にこなしますよ。見てて危なっかしいのは料理くらいですかね」

常に傲岸不遜《ごうがんふそん》なメイベルだが、セルヴーズの衣装をまとうとそれなりに振る舞うことが出来るらしい。ただ包丁だけは持たせられない。亜神だけに手を切ってもすぐに再生してしまうので注意が常におろそかで、周囲の者の神経が磨り減っていくのだ。なのでもっぱら皿洗いをさせられている。もっとも現代は食洗機という便利な機械があるので、メイベルが担当しているのは汚れた食器を軽く濯《すす》いでそこに入れる。機械が止まったら皿を取り出し、大きさや種類ごとに分別して、棚に綺麗に並べるといったことなのだ。

「今では皿やトレイを扱わせたら、右に並ぶ者はいないと躬は自負しておるぞ」

メイベルは誇らしげに言うと、曲線なだらかな胸を軽く叩いた。

「な、なるほどね。だからあの時彼女が料理を運んできたって訳なんだね」

マリーンジェム号にシェリー達を迎えた時、メイベルが料理を運んできた理由がようやく分かった。

「ところでみんなは？」

徳島はシュラの姿しか見えないことを訝しんだ。

「ああ、あれだよ」

シュラが親指を立て、マリーンジェム号の船内を示す。

するとサロンではプリメーラとオー・ド・ヴィ、シェリー、紀子がテーブル上の新聞を取り囲んで何かを話し合っていた。皆の表情が険しいところを見ると、期待した成果は得られていないようだ。

「あの者達は悪巧みの真っ最中か。時にシュラよ、お前は話し合いに参加せぬのか？」

「ボクには難しいことはさっぱりだからね。こっちのほうが性に合ってるんだ……」

シュラはそう言ってマリーンジェムの舵輪を握り、取り舵方向へと回す。

「さあ、司厨長。ぼやぼやしてないで発航前点検とやらをしようじゃないか。海の上にいるのに桟橋に繋がれっ放しのせいで、ボクの身体はもう欲求不満でいっぱいなんだ。君が満足させてくれないと言うのなら他所で満たしてしまうよ。ここにはボクが望むならいくらでもと言ってくれる男達が大勢いるんだからね」

シュラはマリーナにある多くのヨットを見渡した。その中にはこれから海に出ようというオーナーもいる。シュラはそういった者達といつの間にか仲良くなっているらしい。

「聞く人間によっては、多大な誤解を招くような言い方はやめて欲しいんだけど」

徳島は苦情を申し立てながらも、早く早くと逸《はや》るシュラに急かされ、仕事に取りかかったのだった。

「ご覧ください。この記事を……」

テーブルの上には、英字新聞が数紙載せられていた。

英語が分からないプリメーラは、シェリーが解説してくれるのを待った。

「アメリカや、イギリス、フランスといった国々の記事です」

紀子が読み上げる。

「アメリカのジャーナリストが特地で奴隷として捕らえられていたことに鑑みると、連絡が取れなくなっている他のジャーナリストにも同様の危険が及んでいる可能性がある。日本政府は早急に行方不明のジャーナリストを調査し、もし捕らえられているのであれば救出に尽力すべきだ――といったことが書かれているわ」

するとオー・ド・ヴィは眉根を寄せた。

「この意見に、読者は賛成するので？」

「十人中三〜四人は賛成するでしょうね」

「信じられない。その三〜四人は……その……大変、いい人達なのですね」

オー・ド・ヴィは口元まで出かかった侮蔑の言葉をすんでのところで引っ込めた。

それが商売だというのなら危険を冒すのもかまわないが、そのせいで賊徒に捕らえられたなら責任は自分で負うべきだというのが彼の考え方なのだ。救出するには関わる要員が危険に曝されるし、活動費用も馬鹿にならない。危険を冒して得た利益は自分だけのものと思うなら、その失敗の後始末を国家に頼むというのは身勝手に過ぎるのだ。

にもかかわらずこの理屈が通るとしたら、その国の国民は相当のお人好しか、あるいは――

「つまり、危険なところに赴き何が起きているかを報せることが、公の利益であると評価されるか、それとも私益の追求でしかないと見なされるかの違いなのですね」

その活動が公益に寄与するなら、公の力で救出しようという動きも理解できる。例えば戦争捕虜となった兵士は、国のため、公の利益のために献身した者だ。ならば国や社会がその身柄を取り戻そうと努力するのは当然である。ジャーナリストもこれと同じような立場であるというなら、その救出に尽力するのもまた当然といえる。

しかし紀子は、そんな少年の感想に構わず続けた。

「この記事の問題は、もし日本がその努力をしないのならば、記者それぞれの母国政府が特地で安否を確認できるよう、日本政府が現地政府との間に立って仲介すべきだと論じていることね。これは日本政府が一番嫌がることよ」

「そうなのですか？」

「ええ、けど海外からの批判の声が無視できないレベルにまで高まると、当然日本政府は特地のジャーナリストの安否確認を行うしかなくなる。他所の手を借りずとも、自分達で充分やれると示すために。でも実は、これってジャーナリスト達にとっては諸刃の剣よ。過度に政府の責任を追及すれば、危険地帯に向かうことを取り締まる動きが高まってしまうから。ジャーナリストは取材活動が難しくなるのを嫌がる。けど、治安の悪さは事実だから、それを盾にされると、批難したとしても人々に共感してもらい難《にく》くなる――」

紀子は自らの思考の道筋を、分かりやすい言葉で説明した。そして続ける。

「好機が来たかもしれないわね。ジャーナリスト達は自分達の主張を後押しする情報が欲しいはず。人々が共感しやすくかつ批難しやすい命題があれば、一気に飛びついてくる状況が出来あがりつつある」

「批難しやすい命題って何なので？」

「もちろん海賊問題よ。そもそも治安が悪いのは何故？　海賊が放置されているからでしょ？　だからジャーナリスト達は自分達の取材が制限される。なら日本政府は海賊問題を解決せよ。その力がないのならこちらの政府が海賊退治をするから邪魔するな、などなど……」

先進主要国はどこも特地に手を突っ込む機会を窺っているから、これ幸いと日本に対する圧力を強めてくるはずなのだ。

紀子はこれまでプリメーラに取材を申し込んできた記者達の名刺をテーブルに並べた。

「今こそ攻勢に出る時期だわ。海賊問題について正確な情報を彼らに送りましょう。プリメーラ姫はその被害の大きさや、痛ましさを必死になって訴えて。彼らはきっと飛びつくわ」

「はい。早速始めます！」

プリメーラとオー・ド・ヴィは紀子の言葉に響《どよ》めいた。自分達の目標達成まで、あと少しのところまで迫っていることが分かったからであった。

＊　＊

『君、どうしてくれるんだ？』

電話の主にそう詰問されるとチャンは舌打ちした。

こんな電話がかかってきた理由ははっきりしている。彼の下にも、プリメーラ達が発信したプレスパックのメールが転送されてきたのだ。

そこには、アヴィオン海での海賊被害の深刻な状況などが具体的に書かれていた。そしてそれに添えられる形で、海賊の存在がジャーナリストの活動を制限するのはおかしい。それならば日本政府は、海賊の対処をもっと積極的に行うべきだというプリメーラの主張が書かれていたのである。

こんなものがチャンのところにまで転送されてきたということは、多くの記者達がこの主張に同調していることを意味する。すでに主要国ではいくつもの新聞が同様の記事を書き、読者の賛同を獲得している。おかげで日本政府内でも、特地の海賊問題が取り上げられているらしい。

『これは憂慮すべき事態なのだ』

全ての発端は、東京の古村崎という男からの電話取材に答えたことだ。当初は気にも止めず事実をそのまま答えたが、それがきっかけで情勢は彼と彼の雇用主の意に反した方向へ向かおうとしている。

『こうなったのは、全ては君が考えなしに日本のマスコミの取材に応じたからではないのかね？』

案の定、電話の主はチャンの責任を追及する構えであった。

「その通りです。同志……しかし」

『しかしはナシだ。特地の海賊に関心が集まるのは正しくない。これでは日本政府が海賊に対処する可能性が高くなってしまう。そうなったら我々が現地で積み上げてきた努力が全て台無しになってしまう。この予測に君は同意するね？』

「は、はい、同意します」

『ならば、何故手を拱《こまね》いている？　我々は現段階で強引な手法を用いることは避けたいのだ』

「分かっています、同志。ただちにこちらで対策を講じます。どうぞお任せください」

チャンはそう言って電話を切った。

「とはいうものの、どうすべきか……」

そして煙草に火を点《つ》けると煙を深く吸い込んだ。やがて腹の底に溜まった憤懣《ふんまん》の汚濁が、吐息とともに室内に広がっていく。

ジャーナリスト達がこの件で騒ぎ始めた理由は簡単だ。取材活動が規制されると自分が損をするからだ。しかし一般民衆がこれに呼応した理由は何だろうか？

「あの姫様だな」

人々が海賊退治を受け容れるのは、ティナエに対する同情があるからだ。美しく健気な王女に対する印象が、そのままティナエという国のイメージになっている。ティナエが海賊に苦しめられていると聞かされれば、人々はプリメーラ姫が悪漢に襲われるところを想像し、騎士道精神を刺激されてしまうのだ。

ならば、チャンのすべきことはティナエという国が、そしてプリメーラという人物が、それほど善良ではないと大衆に知らしめればよい。

そこでチャンは自らが先頭に立ってアンチ活動を開始した。具体的には次のような記事を自らのコラムとして掲載したのである。

「――幸い関係各機関の尽力によって、私は救出され難を逃れることが出来た。皆がこの私の経験に同情し、このようなことが二度と起こってはならないと日本政府に善処を求める動きを起こしてくれていることには深く感謝したい。だが、ちょっと待って欲しい。海賊を一掃できたとして、このような悲劇は本当になくなるのだろうか？　事の本質は奴隷制度であり、それを認めているティナエという国にも責任の一端があることだけは忘れてはならない。奴隷の売買は彼《か》の国では産業の一つであり、合法的経済行為として国の豊かさを支えてすらいる。私が奴隷とされたのも、ティナエという国ではそれが合法的なこととされていたからなのだ。しかもティナエの当局者は、私を漕役奴隷にしようとした。救出された私を捕らえるために追い回すこともした。そうした現実を踏まえて見ると、海賊を一方的に悪と決めつけこれを批判するのはあまりにも乱暴で危険な匂いがする。一旦立ち止まって、そもそも海賊達が何を目指して現地政府と戦っているのか、謙虚に耳を傾けるべきではないか。そうする前に軽々に判断を下してしまっては、現地で起きている深刻な人権問題から目を背け、奴隷制度という悪弊を抱える現地政府を支持することになってしまうのではと疑問を抱くのである」

この記事が配信されると、日本が特地の海賊対処を真剣に検討し始めたと知った日本のマスコミもこれに呼応して動き出した。人権というセンシティブな単語を前面に押し出せば、自分達の主張を人々に受け容れてもらいやすいと考えたのである。そしてそれは事実であった。

「海賊対処に自衛隊の派遣反対！」

「奴隷制度に反対！」

「特地にも人権思想を！」

それは海賊を退治すべしという論調に対する明確な反対意見となった。これによって海賊憎しの声は、たちまち覆い隠されてしまったのである。


江田島は、徳島が差し出した英字新聞のチャンのコラムを読むと、軽く鼻を鳴らした。

「やはり、彼が動き出しましたか」

執務用のデスクを挟んで、江田島の正面に立つ徳島は問うた。

「統括はこの事態を予想してらっしゃったのですか？」

「いいえ。ですが、もしかしたらという期待はありました。そして彼女達は期待以上の成果を上げています。特地に潜り込んだ鼠《ねずみ》が、どこに隠れてどんな悪さをしているか分からなくて困っていましたが、彼女達が騒いでくれるおかげで、鼠はじっとしていられなくなりました。あとは静かに観察していれば、親鼠の居所に辿り着けるという訳です」

江田島の差し出したＣＩＡからのレポートには、チャンとその周辺人物の動きが示されている。それは日本からアメリカへのいくつかの貸しの代償として提供されたものであった。

「統括は、最初からそれを狙って彼女達を日本に連れてきたのですが？」

「まさか⁉　先ほども言いましたが、もしかしたらぐらいの期待以上のものは持っていませんでした」

徳島は江田島がプリメーラ達を銀座側に連れてくることに消極的であったことを思い出した。

だが江田島の言動は時に額面通りに受け取ってはいけない時がある。消極的であったことこそ、この事態を予測していたからだと言えるのだ。

疑うような徳島の目から、江田島は目を逸らした。

「まさか君がシェリーさんを引っ張りだそうと提案してくるとは思いませんでしたけどね」

「プリメーラさんは俺の言葉に耳を貸しませんから、他の誰かに日本社会の仕組みを教えてあげて欲しかっただけなんです。彼女の有り様は、見てて痛ましくなるほどでしたから」

徳島は言いながら後頭部に手を当てて頭を掻いた。

「ですが、あの方達はそれ以上のことを教えた」

「俺の失敗です」

すると江田島は訝《いぶか》しげに徳島に目を向けた。

「徳島君、本当に失敗ですか？」

「と言いますと？」

「君の料理の才には、食材の力を見抜く力があります。だから個性豊かな食材を一つの鍋の中に入れて見事な味に仕上げることが出来る。ですが昔の君の世界観は、既存の食材で完結していました。食べる人間がその中にはいなかった。だから美味いに決まっているものを、美味いに決まっている調理法で料理し客に押しつけるだけだった。この料理はどんな味になるのだろうという、わくわくドキドキがなかった。だからシュトランの編集長に酷評されたのです。そこで私は、君を異世界へ連れていきました。君は見たことも聞いたこともない食材、そしてそこに棲まう多様な人々と出会い、常識が打ち砕かれました。今の君は、皿の向こうにいる相手のことも考えて料理を作れます。ならば、今回の組み合わせも、最初からこのような結果を導くだろうと分かっていたと考えるしかないんです」

「女性の心と食材は違いますよ。今回は本当に俺が間違っていたんです。シェリーさん達、俺の意思を深読みし過ぎました。相手がこちらの希望をどう読み取ろうとするか、そこにまで考えが至らなかったんだから、俺のミスです」

「分かりました。それなら、そういうことにしておきましょう。しかしながら問題はこの後です……彼女達、意気消沈していなければいいんですけど」

「大丈夫ですよ。プリメーラさん、この程度でへこんでいるようならとっくの昔に諦めてるはずですから」

「ほう？」

「見てれば分かります」

「もう一度尋ねますが、本当に間違ったのですか？」

「ええ、残念ながら。俺もまだまだだなって思いました」

江田島の追及に、徳島は首を竦めてそう答えたのだった。

16

チャンのコラム以降、日本国内では特地の海の海賊対処に自衛隊を派遣することを反対する声が高まっていた。同時にプリメーラ個人を誹謗中傷する心ない噂も流されていた。

曰《いわ》く、目立つことが好きなだけ。私利私欲塗れである。奴隷貿易で巨万の富を得て、それで富貴な暮らしを送っているなどなど。

「またしても……」

プリメーラはオー・ド・ヴィが新聞を読み上げると、力尽きたように座り込み、項垂れた。

あと少し、あと少しで何とかなるというところで壁に行き当たってしまい、ほとほと疲れ果てていた。ここで負けてはいけない。力を出して奮い立たなければいけないと分かってはいる。しかし、目標を達成するのはとても不可能に感じられてしまう。これまでしてきたことの全てが無意味で無駄だったように思えてならないのだ。

「プリメーラお嬢様……」

こんな時、プリメーラを元気付けるのはシュラやアマレットの役割である。しかし今は二人とも所用で出掛けていた。オー・ド・ヴィはこの場に自分しかいないことを思い出すと、消沈した様子のプリメーラの肩に触れて語りかけた。

「元気を出してください。プリメーラお嬢様」

「ありがとう……優しいのね」

プリメーラは自分の肩に温もりを伝えるオー・ド・ヴィの手に触れた。ただ触れたのではなくその厚みや肌の感触を確かめるように握ったのだ。

途端にオー・ド・ヴィは、逃げ出したいような羞恥心《しゅうちしん》に襲われた。その柔らかな感触に抱いてはいけない劣情を漲《みなぎ》らせてしまいそうになったのだ。しかしプリメーラにその手をしっかりと握られていては逃げ出すことも出来ない。だから必死に理性を掻き集め、今ここで返すべき言葉を探した。

「い、いえ、その、あの、侍従として当たり前のことなので」

「侍従として……なのね？」

プリメーラの捨てられた子犬のような眼差しを浴び、オー・ド・ヴィはさらに慌てた。

「い、いいえ！　お許しいただけるのなら友としてなので！」

「もちろん貴方はわたくしにとって大切なお友達よ。頼りにしているわ」

「は、はい」

とろけるような笑みを向けられるとオー・ド・ヴィはもう年相応の少年のように顔を真っ赤にして俯くことしか出来なかった。それはもう、どちらのほうがコミュ障なのか疑わしく感じられるほどであった。

「ええと、すみません」

そこにオー・ド・ヴィにとって救いの声が掛けられる。船外からの遠慮がちな声は来客だろう。

「プリメーラお嬢様、どうやらお客様のようです」

「……」

オー・ド・ヴィはそっとプリメーラの手を離させると、来客を迎えるためにサロンを出て後部デッキへ向かったのだった。

「あなたは……」

桟橋に立っている男を見て、オー・ド・ヴィは訝しがった。帝国の騎士団創立記念式典で会った日本の政治家だった。

「貴方はホウジョウ議員……」

「やあ、久しぶりだね。北条宗祇だ。いつぞやのパーティーで一度会っただけなのに覚えていてくれたようで何よりだ。君の姫様はいるかね？」

「いますが、何のご用で？　って愚問なので。……海賊関係ですね？」

「そうだ。話が早くて何よりだ」

オー・ド・ヴィは早速船内にとって返すと、プリメーラに日本の政治家がやってきたことを告げた。

するとプリメーラは素早く身繕いして北条宗祇を迎える。

「今日は一体どのようなご用ですか？」

例によってオー・ド・ヴィを通訳として間に立たせている。少年の口からプリメーラの言葉が紡がれていった。

「今日は、貴女の健闘を称えに参りました。実は、初めてお目にかかって以来、貴女のことは気に掛けていたのですよ」

「と、おっしゃいますと？」

「あなたの噂はいろいろなところで耳にしました。特地の姫様が故国を助けてくれと訴えている、とね。貴女のことはちょっとした話題だったのです」

プリメーラは自分がしてきたことが徒労ではなかったと知り、勇気付けられる。

「その後の動きも見事でした。海外のマスコミを動かせたのが何よりも大きい。政府も海外からの働きかけは無視できない。特地の海賊問題についての検討が始まっています」

「本当ですか？　奴隷問題が壁になっているのではないのですか？」

北条は静かに頷く。

「その通りです。しかしながら善と悪の価値観、つまり海賊行為が犯罪であるという認識は貴女の国と、我が国、いや我が世界と一致します。また海賊が一掃され、アルヌスを通じた経済交流が貴女のお国との間で盛んになれば、こちらから押しつけるような真似をせずとも、我々の価値観や思想に感化された方が現れることを期待できます。そうですよね、プリメーラさん」

「そうです……ね……」

プリメーラは戸惑った。北条の言葉には、多重の意味が含まれていると感じたからだ。そして気付いた。押しつけずとも、価値観や思想に感化される人間が現れる。つまりプリメーラが率先してそうすることを期待しているのだ。

「その通りです。わたくしも、日本滞在中に多くのことを学びました。医療、障碍を負った者への福祉制度、緊急時に女性が避難できる施設の重要性、そして奴隷という制度が遅れていること……故郷に帰って父に——ティナエ共和国統領である父に、話したいと思います」

「大変結構。そのことをどうぞ、マスコミの記者達の前で語ってください」

「はい」

「しかし、まだ足りません。決定打に欠けています」

「それは一体、何でしょう？」

「決め手のようなものです。お気付きでしょうが、この問題に対する世論は揺れ動いています。些細なことで反対意見一色となってしまう可能性もある。こんな状況では、政治家も怖くて意見を口に出せない。そのため、海賊許すまじという声をもっと高める何かが必要なのです。そのための努力を貴女にお願いしたい。もし、約束してくれるならば、私が旗振り役になることを誓いましょう」

嬉しくなる言葉を口にする北条に、プリメーラはヴィを通じて問いかけた。

「とてもありがたいお言葉です。貴方のような方にこそ味方になって欲しいと、初めてお目にかかった時から思っておりました。しかし貴方も政治家、利益のないことはなされないと思います。この件でわたくしに与することで、貴方にはどのような得があるのですか？」

するとと北条はしばし考え、ゆっくりと口を開いた。

「国民がそうすべきだと望むことを、半歩先に立って叫ぶ。今が次世代のリーダーとして名乗りを上げる好機だと私は考えています」

プリメーラはその一言で全てを理解した。

民選の議員は、世論が拮抗している状態において、どちらか片側の勢力に与すると旗幟《きし》を鮮明にするのは難しいのだ。もし早々にいずれかの勢力を推し、そちらが負け組になったりしたら民意に背く議員と見なされてしまう。しかし逆を言えば、先んじて勝ち組に付けたとしたら勢力の中心に立てる。今まさに、決断のタイミングだった。先んじて海賊問題を解決すべしという声を上げ、それに大衆が賛意を示したら、旗振り役となった政治家は中心人物になれる。そうなれば、たちまち政界のスターダムにのし上がることができるのだ。

実例としては、郵政民営化問題、年金問題、古くは隠されていた血液製剤の問題文書を書庫の中から引っ張り出させたことなどだろう。たかだかそれだけのことなのだが、人々は自分達の意思を代弁してくれた存在として、その人物の名を記憶するのである。

商売に例えるなら、この後で相場がぐいっと上がることを期待した、全財産と借金を投入しての先物一点買いである。巨万の富を得られるか、あるいは全てを失うか。その賭けに、この北条という男は挑むと言っているのだ。そしてそれを伝えることでプリメーラを勇気付けようとしているのである。

いや、違う！

自分に都合のいいように解釈していたことに気付き、プリメーラは大きく狼狽した。

そして真っ直ぐに北条を見た。自分のことをじっと、観察するかのごとく見据える北条宗祇を。

その目は、プリメーラを値踏みしていた。プリメーラという人間が、自分の政治人生を懸けた大博打を託すのに相応しい相手かどうか。

もしここでプリメーラがそれに値しない存在だと見なしたら、この男は前言をあっさりと翻《ひるがえ》すだろう。それが出来る冷酷な人間なのだ。

「どんなことでもいたします」

「ええ、頑張りましょう」

北条は微笑んでくれる。だが心の内までは分からない。合格しただろうか。あるいはさっきまで絶望して途方に暮れていたことを見透かされ、見限られてしまっただろうか。

それではダメだ。プリメーラは何としてもこの男に見放されてはならない。だがどうしたら、どうしたら……プリメーラには安直な方法しか思いつかなかった。それは何をすべきか相手に問うというものだ。

プリメーラはオー・ド・ヴィを制して、自らの口で問うた。

「わたくしはどうしたら良いのでしょう?」

「政治は結果です。ならば、良い結果を得るために手段を選んではいけません。私の目にはどうも貴女は、きれいごとで物事がうまくいくと思い込んでおられるようだ」

「きれいごとですか?」

「時には思いきった手段も必要だと思いませんか?」

「分かりました。蒙《もう》が啓《ひら》かれた思いです。本当にありがとうございます」

特地語を解さない北条も彼女の口から出たのがお礼だということはすぐに理解できた。

「いえ、お礼を言われるようなことではありません。しかしこれからは志を同じくする仲間として、共に手を取り合って頑張っていきましょう。さあ頭を上げてください」

北条はそう告げると、頭を下げ続けるプリメーラの肩に手を置いた。

去って行く北条の背を見送るプリメーラとオー・ド・ヴィ。

オー・ド・ヴィは言った。

「早速、シェリーさんやノリコさんを呼んで相談しましょう。どうやれば、彼の言うもう一押しになるかを検討するので」

しかしプリメーラはその必要はないと言った。

「どうしてです？　あの方達のお知恵を借りなければならないのでは？」

「大丈夫です。わたくしにも、何をどうすればいいのか大分分かってきましたから。オデットを利用します」

「オデットさんを？　お友達なのでは？」

「もちろんよ。でも、わたくしは使えるものならどんなものでも使わなければならない。それが自分の身体だろうと、友達だろうと。そうでもしないと、これまで失われた全てに、申し開きが立たないのです」

＊　　＊

数日後、テレビの情報バラエティ番組に、リハビリに励むオデットの姿が映し出された。

オデットはインタビューにも応じ、突きつけられたマイクに向かって話をした。もちろん特地の言葉だから、通訳するオー・ド・ヴィの声が上から重ねられている。

その中でオデットは、海賊との戦いにより脚を失ったと語った。それでも負けることなく健気にリハビリを続けている。そしてプリメーラは、そんなオデットの姿を見守っている。そういう印象になるよう番組が構成されていたのだ。

マイクを向けられたプリメーラは、インタビューにこう答えた。

「ニホンに滞在して、わたくしは多くのことを学ぶ機会を得ました。こちらの世界の方々が、自分達の考え方をわたくし達に一方的に押しつけないようにと自制してくださっていることに、とても深く感謝いたします。しかしわたくしがこの世界を見聞きして感じた素晴らしい制度や考え方を、見習っていきたいと思うのは是非とも許していただきたいのです」

視聴者達はその言葉を聞き、プリメーラが奴隷制度が悪しき因習だと気づき、これから進んで変えていこうとしているのだと理解したのである。

「ちょ、ちょっと、これどういうこと？　嘘はダメって言ってたでしょう」

紀子は、テーブルに週刊誌を積み上げると、一体どうなっているのかとプリメーラに問い質した。彼女が特に問題視しているのは、オデットが海賊のせいで障碍を負ったという説明だ。事実と違うのだ。

多少の罪悪感はあるのか、プリメーラは詰問されている間、ずっと顔を背けていた。

「………」

するとオー・ド・ヴィが身代わりになって言い返した。

「あと少し、あと少しなんですよ！」

「オー君。分かってる？ 嘘は暴かれたらそれで終わり。信用を一気に失うのよ」

「あなた方のやり方では、まどろっこしすぎるんです。それに今回のことも、あながち嘘とは言えないので！ だって海賊がいなければ、オデット号は鎧鯨のいる海域に立ち入ることはなかったので。だからオデットさんが脚を失ったのも海賊のせいだと言っても間違いではないでしょう」

紀子は自分の信念を汚されたように感じてか、テーブルを強く叩いた。

「そうじゃない、そうじゃないんだって」

「では、どうしろと言うのです？」

「ただちに訂正をして！」

「今更そんなこと出来る訳ないじゃありませんか」

オー・ド・ヴィははっきりと紀子の言葉に逆らう。従う気がないと言っているのだ。

「シェリー、なんとか言ってよ」

ずっと口を噤んでいるプリメーラに業を煮やした紀子は、シェリーに救いを求めた。シェリーならばプリメーラを何とか説得してくれると期待したのだ。

シェリーは立ち上がると、プリメーラの前に立ち静かに語りかけ始めた。

「プリメーラ様……わたくしは今でこそ控えておりますが、以前は政《まつりごと》に関わっておりました。帝国を代表し、この国の方々との交渉に携わったのです。ですから、嘘はいけないとは思っておりません」

プリメーラはシェリーに顔を向けた。

「わたくしは政治家が善良である必要はないと考えています。人の良い政治家なんて言語道断。自国の民を守るためなら、良識も何もかもかなぐり捨てられるかが政治家の条件だと思っているくらいです。自国の民を塗炭の苦しみに追いやることと比べたら、外国の民から、怪異だ化け物だと罵られることなど勲章のようなものではありませんか？けれどそれでも、捨ててはいけないものもあると思っています」

「それは何でしょうか？」

「それは信義ですわ。権謀術数《けんぼうじゅっすう》も何でもありだからこそ、少なくとも信義破りだけはしないと信じてもらう必要があります。信義を破れば、味方でさえいつ欺かれるのかと疑心暗鬼に陥ります」

再びプリメーラは顔を背けた。

「オデット様は、あのインタビューで、自分の言葉があのようにねじ曲げられて伝えられたことをご存じなのですか？」

「……」

プリメーラは頭を振る。当人には話していないのだ。

「もしそれを知ったら、オデット様はどう思うことでしょう？」

プリメーラは顔を伏せたまま言った。

「あの子なら分かってくれます。彼女は、わたくしの古くからの親友。きっと分かってくれます」

「おそらくはそうでしょうね。でも嘘というのは、一度きりで終わりではありません。その嘘を守るため、次も、また次も、その次も……何度となく繰り返さなくてはならないのです。そうして嘘を積み重ねていくことをオデットさんがどう感じるかまで、考えていますか？」

「………」

「わたくしも腹黒の悪い子なので、これまで嘘を一杯ついて参りました。その経験から申しますと、嘘というのはとても痛いのです。とても辛いのです。とても重いのです。

突き刺さったトゲのように、気に障る感覚がいつまでもまとわりつきます。貴女のなさったことはその苦しみをお友達に背負わせるもの。それでも大丈夫なのですね？」

「ティナエのためです」

プリメーラは、以前撤回したはずの建前をもう一度口にした。

「貴女は、そう思うことで耐えていけるのでしょうね？　では、オデットさんはどうでしょうか？」

「きっと、わたくしのために耐えてくれます」

「では、そのお友達に感謝なさってください。そして生涯忘れることなく、負い目に思い続けてください。それが政の世界に踏み入った者が背負うべき業です。いいですね？」

その時、マリーンジェムの後部デッキに北条が現れた。

「ごめんください。特地の海賊問題が、内閣の閣議で審議されましたよ……って、どうしたんです？　お取り込み中なら出直しますが……」

息せき切って駆けつけてきた様子の北条は、船内に立ちこめる重苦しい雰囲気に気付いたようだ。

シェリーは誤魔化すように笑顔を向ける。

「いいえ。なんでもありませんわ、北条様。わたくし達は今、お暇するところですので」

そしてプリメーラを振り返った。

「おめでとうございます、プリメーラ様。どうやら成果は出たようですわね。これでわたくし達も当初の目的が達成できて安堵できました。では紀子さん……引き上げるといたしましょう」

「……」

「シェリー、いいの？　本当にいいの？」

「ええ。ご本人が納得してなさったことであれば、これもまた生き方の一つだと思いますので」

そう言い残し、二人は後部デッキからマリーンジェム号を後にしたのだった。

「わたくしは江田島様、徳島様に、とんでもない借りを作ってしまうことになりました」

マリーナの桟橋に立つとシェリーは、一度だけ立ち止まり、マリーンジェム号を振り返った。

「どうして？」

紀子は首を傾げる。

「あの方達は、諦めて帰るよう彼女達に伝えて欲しいとわたくしに依頼しました。それはもしかすると、いずれこうなると分かっていたからかもしれません。余計なことをしてしまいました」

「まさか。それって深読みし過ぎじゃない？」

「そうかもしれません。けれど、本当にただの深読みなのかとわたくしは思うんです」

シェリーは深々と嘆息すると、再び歩き始めたのだった。

＊　＊

『君には失望したよ』

チャンのスマートフォンにかかってきた電話の主は、明らかに憤っていた。今、チャンの最大の関心事は、相手をどうやってこれ以上怒らせないかであった。

「申し訳ありません、同志。しかしあの女は明らかに嘘をついています。あの羽の生えた娘っ子が脚を失ったのは、鎧鯨に食いつかれたからで、海賊に襲われたからでは……」

『つまり、事実に反していると言うのだね』

「あの姫様は、視聴者の同情心を利用しているんです。だからあの女の言葉は嘘だという噂を流し、記事で反論していけば、リベラルな価値観に蒙を啓かれたという言葉も、疑いの目で見られるようになるでしょう。まだまだ充分に巻き返す余地があります」

　だが、電話の相手はチャンの提案を受け容れてくれなかった。

『君はジャーナリストを表の仕事にしているのに、大衆というものが未だ分かっていないようだね？　人間とは信じたいものしか信じず、見たいと思うものしか見ない生き物なのだよ。一度、翼少女が海賊に襲われて障碍を負ったという物語が人々に定着したら、彼らは「悪は海賊である」と判決を下す。するとその後でそれはおかしいという声が上がっても、おいそれと耳を貸さなくなるのだ』

「では、何をしても無意味だと？」

『君はプリメーラ姫の言葉を嘘だと証明する術を持っているのかね？　ない限りはまさに無意味だ』

　証拠の類を一切持っていない現実に、チャンは打ちのめされた。

　証人はいる。しかしそれはオデット、シュラ、オー・ド・ヴィ、アマレットら、全てがプリメーラ側の人間なのだ。江田島と徳島は自衛官だから、政府の意志に従ったことしか口にしないはず。期待していい相手ではない。

『言葉だけで互いを嘘だ、嘘つきだと詰りあう状況が出来ると、間に立たされた人々は真実よりも信じたいものの方をとりあえず信じる。つまり、より強く、より自分の感情を揺り動かした側に加担するという訳だ。そして態度を保留する者は、論争が起きている間は判断を下さない』

「では私はどうしたら？」

『自分で考えたまえ。今分かっていることは、日本政府は特地の海に自衛艦を派遣するということ。我々の計画は頓挫し、その全ての責任は君に帰結するということだ。君は多大な予算と労力の損失に対する責任を追及されることになるだろう』

そうなったらチャンの人生はお終いである。

彼が属する国家は、失敗者を許すほど寛容ではない。そもそも人材だけは腐るほどあるのが彼の国だ。失敗した者の再起を期待するよりも、見せしめとして他の者をさらに必死にさせることのほうを重視する。実際、とある大学教授は会議の用事で故国に戻ったら行方不明になった。帰国予定日を過ぎても戻らず、周囲が心配する中で何ヶ月も過ぎてようやく家族の下に戻れたのだ。こんなことが普通に報道されることなど希だが、これもまた日本国内に潜伏する他のスリーパーセルへの叱咤だと考えれば大いに納得できるのである。

「ちょ、ちょっとお待ちください。私を失格とするにはまだ早いです」

『何故かね？　この状況を逆転させる秘策があると？』

「はい。本人達に証言させればいいのです。自分達は嘘をついていましたと告白させれば全ては解決するでしょう」

『ほほう、面白い提案だね。それが出来るなら確かに君の思惑通りになる。しかし、どうやってそれを実現するのかね？』

「彼女達を捕らえ……連行して尋問して」

『そして証言が嘘であったと自白する動画を電網に流すと。ふむ。一考に値する作戦だね』

「自分達が欺かれたと知った日本国民は大いに怒るでしょう。日本政府も特地の海賊の対処どころではなくなってしまうはずです……」

『しかし問題もあるぞ。誰がその任を担うのかだ。場所は君が今いるアメリカではない。日本なんだよ？』

「腕の立つ者を何人か貸していただければ、きっと成功するでしょう」

『他人に頼るのは止めたまえ。君が日本でどのような非合法活動を行おうとも、我々は一切与り知らぬことだ。繰り返すが、成功も失敗も全て君の一身のこと。何をしてもいいが、そのことだけは忘れないように』

要するに人手が必要なら自分で探し、自分で雇えということである。事が失敗して露見しても自分一人の蛮行ということになる。

『彼女達の身柄を確保できたら改めて相談したまえ。我々は何も指図していない。だから君が首尾よく彼女の身柄を押さえることが出来たとしても、そこから先は全てその後のこととなる。いいね？』

「は、はい。ありがとうございます」

どうやらチャンの運命は、首の皮一枚繋がったようであった。

17

数日後、東海地方のとある漁港にチャンの姿があった。

「ありがとうよ」

約束通り、漁船の船長に札束の入った封筒を放り投げる。それはグァムからの密入国に手を貸してくれたお礼だった。

船長はあり難《がた》そうに分厚い紙幣を早速数えている。

金にしか興味のない船長をその場に残して漁港を後にしたチャンは、迎えに来ていた十人乗りコミューターワゴン車を見つけ、その後部座席に乗り込んだ。

「歓迎来到日本、張先生」

運転席には明らかに堅気には見えない男が座っており、チャンを振り返ることもなく車を発進させた。

「黄伝明《コウデンメイ》。お前、英語か日本語は出来ないのか？」

「日本語なら」

「じゃあ日本語で話せ。ここは日本だ。母国語を使うのは、周りに日本人がいて聞かせたくない話題の時だけにしろ」

「張《チャン》さんは日本語上手だね？」

「特地で活動するには、日本語が出来ると便利なんでな。それより頼んだ人数はもう揃ってるのか？」

「わたし入れて三人。二人が東京で目標の見張りをしているね」

「そいつらの腕は大丈夫か？」

それがチャンの唯一の心配事であった。

「だいじょぶ。みんなしっかりした軍歴の持ち主ばかりね」

「そんな奴らよく日本にいるな」

「別に苦労はないよ。日本はいい国だからね」

日本は自由主義陣営の国家である。自由と平等な社会を実現するという大義を掲げている。そのため国民は出身、門地、性別などで差別されることなく、平和と豊かさ、安全の恩恵を受けることができる。もちろん客人たる外国人も、日本が作りあげた平和と豊かさを享受できる点では同じだ。しかし日本と日本国民に害意を持つ者は、それを悪用して各種の訓練を施した工作員を多数、スリーパーセルとして潜伏させていた。

スリーパーセルの存在は西新井事件などによって明らかとなった事実で、警察白書にも書かれている。だからこそ日本人拉致事件も起きた。そしてそれらの派遣元である国々はその後も態度を改めず、未だ多くの工作員を潜伏させているどころか、さらに活動を活性化させていると推測される。そうしたスリーパーセルは様々な形で日本社会に溶け込んでいる。ごく一般のサラリーマンとして生活している者もいれば、マフィアのごとき活動をしている者もいる。合法非合法を問わず、日本国内の様々な分野に触手を伸ばして広がり、社会の要の位置を獲得しようとしているのだ。

チャンは今回、その中でいわゆるヤクザに相当する活動をしている連中に声を掛けていた。

「車はこれでいいとして、武器は？」

運転手は信号待ちのタイミングを見計らって、助手席においてあった革バッグを持ち上げ後部座席のチャンに突き出した。

チャンはそれを受け取るとファスナーを開いた。中には中国製の〇五式微声短機関銃と九二式手槍と呼ばれる拳銃が、弾倉、弾丸、各種備品等と一緒に詰め込まれていた。

「こ、こんなものよく手に入ったな」

「今回は荒事だって聞いてるね。黒星なんかじゃ頼りない。このくらいは用意しておかないと。なんなら機関銃とかロケットとか用意するか？　お金あるならいくらでも用意できるよ」

黒星というのは中国製トカレフの隠語だ。日本でも暴力団関係者が横流し品などを密輸していると言われている。拳銃所持が非合法の日本では比較的入手しやすい拳銃の一つだ。しかし黄は今回、最も入手しにくい武器を用意していた。この手の武器も外交行嚢《がいこうこうのう》で国内に持ち込めばいくらでも手に入る。このあたりの武器が充実していることも、彼らが日本の裏社会を牛耳り始めた理由の一つなのだ。

「んな物騒なもんはいらんよ。日本じゃこれで十分だ」

まるで戦争でも始めるのかと言いたくなるような武器の名にチャンは慌てた。日本では銃砲火器を個人的に持っている者は滅多にいない。その意味では拳銃があるだけで十分、短機関銃ですら過剰なのである。

＊　＊

その日の晩、マリーンジェム号のサロンにはオデットの姿があった。

「それでは、オディの退院決定を祝して、かんぱ〜い」

皆の声と共に、ワインの入ったグラスがテーブル上に掲げられた。

オデットのリハビリが順調に進み、退院日が決定したのだ。事前にそのことを聞かされ密かに相談を受けていた徳島は、彼女の友人としてマリーンジェム号でオデットの快癒祝いパーティーの裏方を引き受けることにした。つまりこの企画は、退院日の決定を祝うという趣旨の催しであると同時に、オデットから皆へのお礼という意味合いもあった。

「さあ、料理だよ。最初はコンソメのスープからだ」

もちろん徳島だけでは手が足りないからメイベルも手伝っている。

彼女はセルヴーズとしてレストランの制服を隙なくまとっていた。制服といってもふんわり系のウェイトレス衣装とは異なり、男性的ないわゆるパンツルック。白いブラウスに黒のベスト。ボウタイをして黒いエプロンをぴったり巻いている。銀色に輝くトレイを手に、背筋をぴんっと伸ばしたメイベルは、優雅に、それでいてメリハリの利いた動作で料理の皿を並べ、使い終えたカトラリーがあれば引き上げていく。

「甘鯛のロースト。オレンジのゼストとソーテルヌのソースです」

次々と並べられる徳島渾身の料理を前に、プリメーラ達は当初歓声を上げたが、二つ目三つ目の皿からは沈黙になった。シュラはもちろんのこと、普段ならば「この料理のどこが素晴らしい」とか「材料は一体何なのか」と論評に忙しいプリメーラですらも言葉を発することなく、ただひたすら皿に意識を向けたのだ。

次から次へと間断なく並べられる料理のせいでフォークが皿に触れる音しか鳴らず、楽しいはずの宴席はある意味異様な雰囲気となってしまった。

そうして料理が一段落し、徳島が皆に茶を振るまい、さらにデザートのチョコレート菓子の支度を始めようとしたところで、ようやく皆は一息ついたのである。

「凄かったわね」

プリメーラが陶酔の表情で感想を述べた。シュラも頷く。

「ああ。美味しかった……」

そんな中でオデットが告げた。

「皆に心配をかけたけど、こうして一緒に食事を出来るまでになれたのだ。皆のおかげなのだ。本当にありがとうなのだ」

「ううん。わたくしの方こそオディの元気な顔を見ることが出来て嬉しいのよ」

「うん、本当にそうだよ」

プリメーラとシュラは口を揃えて言った。

「あ、そうだ。見て欲しいのだ。これから食後のアントルメを披露するのだ」

するとオデットは、突如として車椅子を操作してテーブルから離れた。

皆の前ですっくと立ち上がると、全く苦労を感じさせずに歩いてみせる。そしてその場でバレリーナのごとく爪先立ちをし、くるっと回るピルエットまで披露した。前もって仙崎から送られてきた日常生活用の義足を装着していたらしい。

「うわぁ」

プリメーラとシュラは感嘆の声を上げた。

「そうして歩くことが出来るのに、わざわざ車椅子を使ってやってきたのは、もしかしてボク達を驚かせるためだったのかい？」

「もちろんなのだ」

正直に言えばプリメーラやシュラは、オデットが車椅子でやって来た時、少しだけ残念に思っていた。訓練が終わったと聞いたので、オデットの歩く姿が見られると思っていたからだ。しかしそれは皆を驚かせるための演出だったのである。

プリメーラは頬をぷっくり膨らませて言った。

「ホント意地悪な子ね。いいからこちらに来て、貴女の姿をよく見せてくださる？」

「お安いご用なのだ」

オデットはプリメーラの前に立った。

オデットの義足は膝丈のブーツのように、腿の下部から始まって膝あたりまでを、白いエナメル加工された皮革が覆っていた。そしてそこから下に行くと次第に革と金属の装飾が混ざりあい、脛の中程から繊細で美しい模様が刻まれていた。鏡面加工のチタンが美しいラインを描き彼女の踵や爪先までを形成している。しかも医療用のパワーアシスト機器を製作している会社の筋電センサーが装備されていて、足首や爪先までの動作を随意にコントロールできたりする。つまり、この義足は背伸びが出来るのだ。

プリメーラやシュラは口々にその美しさを褒めそやした。

「へへへ」

オデットもまんざらではないようで自慢げである。

「ん、おかしいな。何かの錯覚でないのなら……オディ、少しばかり背が伸びたように見えるけどどうなんだい？」

するとオデットはいたずらっぽくペロリと舌を出した。

「実は、少し嵩《かさ》を増してもらっているのだ」

「やっぱりそうか……」

増しているといってもせいぜい二〜三センチ。しかしそれに気付くのだから長年の友達の眼力も侮れない。

「さあオディ、席に戻って。デザートが出来たよ」

すると徳島とメイベルがテーブルにケーキを運んだ。

「あっ、お手伝いいたします」

思わずアマレットが立ち上がりそうになる。どうやら主任メイドは、テーブルを囲む一員として腰を下ろしていることが落ち着かない性分らしい。

「いいからいいから、アマレットさんは座っててください」

だが徳島は、アマレットに拒絶の意を伝えた。

「今日はお祝いの席です。そしてこれはオディの付き添いをした皆への慰労会も兼ねてるんです。アマレットさんは誰よりもオディに付き添い、彼女が一番辛い時にずっと寄り添い助けていた訳で……みんな、そうだろう？」

「ええ、そうだわ」

「アマレット、お疲れ様」

「ありがとうなのだ」

皆に労《いた》わられるとアマレットは感極まったように目を潤ませた。そして涙を見られまいとして後部デッキに飛び出していったのである。

「寒いのに」

オデットはガラス戸の向こうで海に向かうアマレットの背中を見て呟く。春の気配は確実に近付いてきている。しかしそれでも外の風は冷たかった。特に海は遮るものがないため冷たい風が直接身体に当たる。寒暖の差は陸よりも大きいくらいだ。

「まあ、涙を見られるのを恥ずかしがっているだけだし、身体が冷えてきたら入ってくるわ。放っておきましょう」

しかしプリメーラはそう言って笑った。

するとオデットが真顔でプリメーラの顔を覗き込むように問いかけた。

「時にプリム。ハジメと何かあったのか？」

「プリムは、ハジメを見ないようにしてるのだ。気のせいかと思ったけど、話もしようとしない」

「えっ？」

言い訳の難しい追及を受けプリメーラは俯いてしまった。

もちろんすぐ傍らのギャレーに向かっている徳島にもその会話は聞こえる。しかし台所仕事に専念していて耳に入っていないフリをした。

二人がこんな感じだからだろう、シュラが口を開いた。

「ああプリムはオディのことで……」

「シュラ！」

プリメーラが言わないで欲しいとばかりに制した。

「でも、プリム。本当のことだろ？　そうやってオディに知られたくないと思うのは、自分でも大人げないことをしてるって分かっているからだよ。そうだろ？」

「……」

プリメーラはシュラに反論の余地のない理詰めで問われ、顔を伏せてしまった。

「一体何があったのだ？」

「実はね……」

口を噤んだプリメーラに代わり、シュラはプリメーラがオデットの怪我を徳島のせいだと激しく詰ったこと、そしてそれをきっかけにずっと気まずくなっていることを説明したのである。

アマレットはマリーンジェムの後部デッキに出ると、船内サロンから自分の顔が見えないように背を向けた。そこは寒かったが、こぼれ出た涙を皆に見られるよりはよほど良かった。

「そのままでは身体が冷えるぞ」

すると背後から声を掛けられる。

「貴女は……」

セルヴーズの制服を着たメイベルである。彼女は銀色のトレイを手にしていた。そしてその上には紅茶の入ったポットとカップが置かれている。メイベルは後部デッキのテーブルに一旦トレイを置くと告げた。

「まずは、これを纏うがよかろう。客に風邪を引かれては、何をやっていたのかと躬がオーナーに叱られてしまうゆえな。中にすぐに戻らぬ心積もりなら、言い訳せずに袖を通してもらえるとありがたい」

突き出されたのはマリーンジェムに備え付けられたダウンコートである。アマレットはおとなしくそれに袖を通すことにした。

「貴女は亜神だというのは本当ですか？」

アマレットはバーサ港に到着すると、オデットとともに飛行艇でアルヌスに運ばれていったので、メイベルの紹介を受けていない。プリメーラやシュラの口からそういう人物がいると聞かされていただけなのだ。

「元、亜神じゃな。今は仕える主神をもっておらぬ故、ただ不死身なだけの怪異じゃ」

「怪異……そういうものなのですか？」

「うむ。そしてそれが、今ではここでセルヴーズをしておる。変じゃろ？」

「ええ。でも、どうしてそんなことに？」

「それを話すには多分一晩はかかるじゃろうなあ」

メイベルは言いながら、テーブルのカップに紅茶を注いだ。

「さすがにそんなに長くここにいようとは思いません」

「じゃろ？　だからそのことは聞かずにおいてくれ」

メイベルはそう言ってアマレットに紅茶を差し出した。

「これで胃の腑から身体を暖めると、寒さへの備えは万全となる訳じゃ」

アマレットは礼を告げて受け取ると、紅茶を口に含んだ。

「美味しい……」

「ふむ。こちらの茶も格別であろう？」

「はい」

その時、アマレットは桟橋を伝ってこちらに来る複数人の影を見た。

数にして四。大人が二人も並べばどちらかが海に落ちてしまいそうなほど細い桟橋だけに、その人数では遠目にも目立った。

ここは周囲に様々な船が繋がれている。そのオーナー達である可能性はあるが、時間は既に夜。船遊びの時季でもないので、その線は考えにくい。

「マリーンジェム号の客かや？」

予約の時間や日にちを間違える者が時々いる。メイベルはそう呟いて桟橋に下りると、人影の前に立ちはだかったのである。

メイベルは、円形のトレイを胸に抱き、優雅に腰を曲げて頭を下げた。

「本日はマリーンジェム号へお越しいただきありがとうございます。なれど今宵の本船は貸し切り。一般の客を受け付けておりませぬ。故に後日、ご予約いただいてのおいで

をお待ちしております」

やってきた人影は、メイベルを前にして立ち止まった。

「相手は顔見知りだから油断させられるとチャンさん言ったね。どうする？」

一人がリーダー格の男を振り返る。

仕方なくリーダー格の男が前に出る。その男はチャンであった。

「ああ、俺は今ここにいる客の知り合いなんだ。プリメーラさんとかがいるんだろ？」

しかし蒼髪の少女は、だからどうしたと言わんばかりの尊大さで応じた。

「知り合いといってもいろいろおるのでなあ。世の中には、近付くことを望まれぬ知り合いというのもおるものじゃ」

「ちっ、仕方ない。力尽くで行くぞ」

チャンはメイベルを押しのけようとする。だが、そんな無法を許すメイベルではない。

「お前達、言葉が通じぬ輩《やから》か？」

マリーンジェム号で過ごすひと時の売り文句は、『邪魔が入らない』ことである。それは正確に言えば、邪魔が入りそうになったことすら知らずに済むということなのだ。

誰にも覗かれる心配のない安全な場所だから、著名人達はこの船を密会の場に選ぶのである。

そのクルーの一員として、船の静謐《せいひつ》を保つ役割を自覚しているメイベルは、軽やかに身を翻すと再び男達の前に立ちはだかって桟橋を進むことを禁じた。

「躬が、礼儀正しく応じているうちに引き下がるが良かろう。この国には、お客は神などという戯《たわ》けた言葉があるようじゃが、神じゃからと言ってどんな勝手も許されるわけではない。悪戯が過ぎれば、禍神《まがかみ》として忌み嫌われるし、目に余れば他の神に戦いを挑まれることになる。無敵と思われる神じゃが、それを殺す者は世にいくらでもおるのじゃ」

「邪魔をするな」

チャンは少女をどかそうと突き飛ばす。

しかし蒼髪の少女はその場に踏ん張って対抗した。

「お前達こそ、友の快気を祝う女達の祝宴を邪魔するでない。速やかに立ち退け」

「邪魔をするなと言った。かまわん排除だ」

チャンの号令で、男達は一斉に懐からサプレッサーのついた拳銃を抜いた。

一人が引き金を引き、くぐもった炸裂音とともにメイベルに銃弾が襲いかかる。

たがメイベルが右手を払うように一閃させる。すると金属同士がぶつかる甲高い音がし、後にはメイベルが無傷な姿のまま立っていた。

銃を撃った男は信じられないものでも見たかのように、蒼髪の少女をまじまじと見直す。次に銃の異常を疑って銃の点検を始めた。

「下手くそめ。俺が撃つ」

すると仲間の射撃を下手くそだと見なした別の男が、続けざまに弾を撃ち込んだ。

二発、三発……

だがメイベルは右手のトレイを団扇のように左右に振る。団扇と違うのはトレイが金属製であること、そしてその速度が目にも止まらぬ速さであることだった。甲高い音がして弾け飛んだ弾丸が付近の海面を深々と抉る。

「な……んだと？」

彼女の右手には銀色に輝くトレイがある。

見れば鏡面のように磨かれたその表面に数ヶ所のへこみが生じていた。どうやらそのトレイで弾を防いだらしい。薄っぺらいステンレスのトレイを盾に、拳銃弾を受け止めるなんてことが出来るはずがないから、横から弾いて弾道を逸らしているに違いない。

「ど、どうするチャンさん？　日本の警察はレスポンスが速いよ」

蒼髪の娘の後ろにあるマリーンジェム号では、後部デッキに出ていた女――確かメイド主任のアマレットだったか――がこちらを見ている。きっとチャン達のことを船内の誰かに報せているはずだ。すぐに警察に通報されてしまうだろう。顔見知りであることを利用して近付き一気に制圧してしまう計画だったが、のっけから頓挫《とんざ》してしまったのだ。

「時間がない……」

マリーンジェムに向かう道は狭い桟橋が一本。そして蒼髪の少女を避けて通ることは難しそうだとなると、かくなるうえは力尽くで押し通るしかない。

「殺《シャア》！」

チャンが命じると、短機関銃を抱えていた男が銃口をメイベルに向けた。そして引き金に指を掛けた。するとメイベルは大きく跳躍して銃口から逃れた。

メイベルの跳躍に僅かに遅れて放たれた弾丸は、木製桟橋の表面を抉り、木くずを舞い上がらせた。

「ちぃっ！」

メイベルは空中で身を翻し、桟橋横の少し離れた位置にあるヨットの屋根に着地。そしてそこから銀のトレイを投じた。

短機関銃の男は大きく身を反らしてこれを避ける。

「うわっ！」

しかしその隙を狙ったかのようにメイベルが跳躍。短機関銃男に突進し、体当たりして海へと突き落とす。そして作用反作用の法則に則ってメイベルがその場に残った。

「くそっ」

皆が拳銃を向けるが、すぐ傍にいる仲間を誤射するのを恐れて引き金を引けない。その間にフリスビーのごとく舞い戻ってきたトレイが、さらに男達の後頭部に直撃し、甲高い音と共に男達を海に突き落としていく。

「うわっ！」

冬の海面に飛び込んだ男達は激しい水飛沫を上げて手足をばたつかせた。

騒ぎに気づいたのか、徳島やシュラがマリーンジェム号の窓からこちらを見ている。その手には当然スマートフォンらしきものがある。通報しているのだ。

チャン達は一刻も無駄に出来ないことを悟った。

「俺は先に行くぞ！」

道が開いたのをよいことに、チャンは桟橋を進みマリーンジェム号へ向かう。

メイベルもそうはさせじと追いかける。しかしその場に残った黄が立ち塞がった。

黄はメイベルに短機関銃を向けていた。

メイベルは男の人差し指に力が入る寸前に跳躍して躱《かわ》そうと身構えたが、その時チャンの声がマリーナに響いた。

「抵抗するな。抵抗すればこいつを撃つ」

チャンが後部デッキのアマレットを人質に取ったのだ。

客のこめかみに拳銃を向けられてはさすがのメイベルも手を上げざるを得ない。そしてその瞬間、黄は引き金を引き絞った。

多数の銃弾がメイベルの胸部を貫き、その場に崩れるように斃《たお》れたのであった。

妨害をやっと排除したことにチャンは安堵する。

しかしそうこうしている間にも、遠くからパトカーのサイレン音が近付いてくる。まるですぐ近くにいたとしか思えない早さだ。そんなことはあり得ないから偶然なのだろうが、チャンが焦《あせ》るには十分であった。

「何をもたもたしてる？」

チャンは海に落ちた部下に早く戻ってこいと告げた。

「すみません、でも栈橋に上がろうにも、梯子《はしご》がなくて！」

マリーナの栈橋には、海面から手を伸ばして届くところに手がかりがない。そのため男達は梯子がないかを探し続けていた。しかし夜の海は暗く、あったとしてもなかなか見つからない。

「ちっ、くそっ。……お前達、時間がかかるようなら車で隠れ家に戻っていろ！」

　桟橋から手を伸ばしてやれば上れたかもしれないがその数秒が惜しい。チャンは彼らを置いていくことにした。

「チャ、チャンさんはどうするんで？」

「計画変更だ、俺達はこの船で行く、この船を乗っ取るんだ！」


「やあ、司厨長。久しぶりだな……」

　マリーンジェム号のサロンに、アマレットのこめかみに銃口を突きつけたチャンが押し入ってきた。そして薄気味の悪い笑みを浮かべる。

「メイベル！」

　だが徳島はチャンを無視して窓からメイベルに呼びかけた。

　しかし返事がない。メイベルは桟橋に倒れたまま動かないのだ。血溜まりが桟橋に大きく広がっていくのが見えた。メイベルを倒した黄が、彼女の首に手を当てて脈を診ている。

「脈ないね。死んでるよ」

「よし。死体は海に放り込んでおけ。お前はこっちに来るんだ」

男はメイベルを蹴り落として海に放り込んだ。

「仲間達は引き上げないのか？」

チャンの仲間達はマリーナの海面に浮かんで右へ左へとうろうろしている。溺れ死ぬ恐れはないだろうが、冷たい海に落ちたのだから身体が冷えて後々が大変に違いない。

「時間がない。奴らにはアジトに戻っておくよう命じた。俺たちだけで先に行く」

メイベルが海に沈んでしまうのを見届けた徳島は、振り返るとチャンに問いかけた。

「チャンさん貴方、一体何をするつもりなんですか!?」

「ちょっとばかり予定が狂ってな。ジャーナリストを続けてる訳にはいかなくなったんだ」

「だから、工作員に復職したと？」

「そう言えば、お前達は最初から俺のことを疑ってたな……まあ、実際にその通りだったんだが」

チャンは黄がマリーンジェムに乗り込むと、徳島に命じた。

「出航しろ」

「どこに？」

「それは後で教える。警察を呼んだんだろ？　時間稼ぎしようとすればこの女を撃つ。

「速度と海流と風向きの影響を受けるからね。全速力で進んだらあっという間になくなってしまうよ、ゆっくり行かないと」

「ふむ……そうか」

チャンは頷いた。乗用車の常識が海の上では通用しないということは受け容れたようだ。

「まあいい、とりあえず東京湾を出ろ」

徳島はとある目論見の下、対水速度を三～四ノットに設定することにした。

東京湾は往来の著しい海である。そのため徳島は吹き曝しのコクピットに張り付いて舵を握っている必要があった。防寒のためにダウンコートは着ているが、それでも脚から冷えてくる。これが強烈に辛いのだ。

それは見張りをするチャンも同じらしく、チャン達は暖房の効いたサロンで、交代で暖をとりながら徳島を見張った。そして不用意に他の船に近付いたり、陸に近付こうとすると銃口を突きつけて警戒する姿を見せたのである。

とはいえチャンは良いほうだった。こうして銃を向けられても、かつて一緒に航海をした仲間という感覚がどこかに残っていて、まだ話をしやすいからだ。

しかし、チャンの手下であるという黄という男は、何かにつけ暴力的に振る舞い徳島を恫喝して従わせようとした。銃で殴られることはなかったが、銃口を何度もこめかみに突きつけられ痛い思いをした。

それでも旅客機が発着を繰り返す羽田空港沖を通過し、アクアラインの風の塔を過ぎると黄の表情にも余裕の色が表れてきた。ここに来るまでに追跡もなかったし、陸に助けを求めようにもそれが簡単に出来ない距離まで開いたと分かったからだろう。

「東京湾を出るまであとどのくらいかかる？」

チャンがサロンから顔を出して尋ねてきた。それがあまりに頻回なので徳島は言った。

「ＧＰＳの海図を見れば分かるでしょ？」

「海図だと？」

徳島はコクピット正面に埋め込まれた小型モニターを指さす。

「これか？」

チャンが覗き込むと、自動車のナビと同じような地図が記されていた。

ちなみにサロン内にもそれらが表示されるモニターがある。そのことを伝えるとチャンはサロンに戻り、何やら機械を操作していた。どうやら求めていた情報に辿り着けたらしく、それ以来しつこく尋ねてくることはなくなったのである。

「あれは横浜か？」

黄が徳島に尋ねる。

「あれはもう横須賀だよ」

深夜、マリーンジェムは横須賀を真東に見る位置にまで進んだ。

「もうじき、東京湾を出るよってチャンさんに伝えて」

だが黄はその場にふんぞり返ったままサロンの中に入っていかない。

どうしたんだろうと中を覗いてみると、チャンの姿がサロンにない。いつの間にか人質となったプリメーラ達の姿もない。

チャンも彼女達も何をしているのかと心配になったが、黄の銃口がこちらを向いている。今の徳島にはどうすることも出来なかった。

黄はワインをラッパ飲みしながら問いかけてきた。

「あれはアメリカの空母か？」

見れば、横須賀米軍基地に巨大な米海軍の航空母艦の姿が見えた。その近くにはパトロールなのか小型の船の姿もある。

「そうだよ。第七艦隊所属、ロナルド・レーガン」

黄はソファーから立ち上がって舷側に立つと、その巨大な物体を遠望した。そしてしばらくすると何かを思いついたように突然徳島に拳銃を向けた。

「間違っても助けを呼ぼうなんて思うな。俺達には人質がいる。言っておくが、全員を連れて行く必要なんてないんだからな。五体満足である必要もない。だから、もっとあれから離れるんだ！」

「分かった分かった。分かったから銃口を下げて」

徳島には黄が怒り出した理由が分かっていた。空母があまりにも巨大なため、どんどん近付いていってるように感じられたのだ。彼にとっては敵国の、巨大な戦略兵器に向けて。

実際、距離は近付いていたのだから仕方のないことである。そこで徳島は指示に従って出来るだけ陸から離れるよう舵を切った。大きく東に。浦賀水道航路へと。

しばらくすると、後方近くから警笛が鳴った。

振り返ると、いつの間にか船が近付いていて驚く。海上保安庁のＰＣ型巡視艇『すがなみ』である。

「おい、あれは何だ!?　一体どうなってる？」

黄も驚いたようで、徳島に銃口を押しつけた。

「じゅ、巡視艇だよ！」

「だから、なんで海上警察が寄ってくるんだ⁉」

「そんなの俺に聞かれたって分からないよ！」

嘘である。

東京湾は一日平均五百隻以上の船が航行する。そのため、大型船舶が安全に航行するための航路は浦賀水道航路と中ノ瀬航路と定められている。一定のサイズ以上の船舶はそこを往来するよう定められ、最高速度も一二ノットと制限されているのだ。つまり大抵の船は一二ノット近くで進んでいるということである。そんなところに、対水速度三〜四ノットでのろのろとプレジャーボートが航行するのは、高速道路を時速一〇キロで走るようなもので著しく危険である。法令に違反しているわけではないが、海上保安庁が声を掛けてくるのは当然なのだ。

「嘘をつけ、貴様が何かしたに決まってるだろ⁉」

苛立った黄はついに徳島を殴った。徳島はその衝撃で後部デッキに転がる。

「俺を殴ったって、海の警察に目を付けられたのは変わらないよ！　どうするのさ⁉」

苛立つ黄はそのまま徳島に後部デッキに伏せているよう告げる。そして自分もまたデッキに伏せたのである。

「ど、どうするのさ?」

「黙ってるんだ。このまま奴らをやり過ごす」

「無理に決まってるって!」

実際、黄の思ったようにはならなかった。警笛に応答がないのを見た『すがなみ』は次にスピーカーで声をかけてきたのだ。

『前方のプレジャーボート! 船長さん、聞こえてますか? こちらは横須賀海上保安部の巡視艇『すがなみ』です! 船長さん、聞こえてますか?』

それが数回繰り返された。

しかし返事がないため、マリーンジェム号は探照灯で照らされる。光柱光度六五〇〇万カンデラの輝きに照らされていては、さすがに隠れていられない。

「このままだと、海上保安官が乗り込んでくるよ」

「くそっ……お前。なんとかしろ!」

「なんとかしろって言われても……」

「こっちに人質がいるのを忘れたのか? みんな死ぬぞ」

黄はヒステリックに喚《わめ》くと、徳島に銃口を突きつけたのである。

『えーえー、オホン。こちらは巡視艇『すがなみ』です。そこのマリーンジェム号のキャプテン、いますか？　いないと漂流船とみなして乗り込みますよ』

その時、徳島は黄の手を振り払うと、立ち上がって巡視艇に手を振った。

「お前、何をしてるんだ⁉」

「なんとかしろって言ったのはそっちだろ？　いいから黙ってて。悪いようにしないから」

徳島は続けて手を振った。

巡視艇『すがなみ』の乗組員は九人前後。もし、彼らが武装し、充分に準備を整えた上で突入してくるのであれば、チャンと黄を捕らえることも出来るだろう。しかしそうと分かっていない状況での立ち入り検査はいい結果にはならない。徳島としては、彼らにシージャック事件が起きていることを察知してもらいたかったが、不用意な荒事にはなって欲しくない。だからこそ立ち上がって手を振ったのである。

問題は、現況をどうやって伝えるかだ。タクシーのように強盗に遭っていることを報せる目印があるのならいいのだが、そんなものはこの艇に搭載していない。

徳島は黄に告げた。

「無線符丁使うからな。黙ってろよ」

そこで徳島は、無線機のスイッチを入れると巡視艇に呼びかけた。

「巡視艇『すがなみ』。こちらMJマリーンジェム号。すみません、作業中で反応遅れました。九チャンネルでお待ちします」

十六チャンネルで呼びかけて、海上保安庁の船舶が使用する九チャンネルで返事を待つ。すると呼びかけがあった。

『いけませんね、マリーンジェム号。もう少し速度を出してください。それとそこは浦賀航路に入っています。もう少し西を進んでください。どうぞ』

「ロメオ。速度上げます。チャーリーブラボー。どうぞ」

徳島は言いながらスロットルを開いた。エンジンが回転数を上げマリーンジェム号の速度が上がる。

『了解』

「本船はただいまブラボー。ブラボーでジュリエットです」

『了解、よい航海を』

「おい、チャーリーとか、ジュリエットとか、どういう意味だ?」

黄が問いかけてくる。

「だから無線通話用の符丁だって。ロメオはラジャーの略、その他はそれぞれいろいろ……」

徳島は口を濁したが、実際は国際信号旗に託した符丁であった。それぞれに意味があり、チャーリーブラボーは『至急救援を求める』だ。そしてブラボーは単独だと『危険物の運搬、積み降ろし中』、ジュリエットは『本船を十分に避けよ。本船は火災中で、積み荷に危険物がある、または危険物を流出させている』といった意味がある。つまり徳島は『危険な何かがこの船にいるから救援を求む』と伝えたかったのだ。しかし、相手の反応を見ると伝わったとはとても思えない。

「嘘だ……絶対、何か別の意味がある」

「だったらどうして巡視艇が何の反応もないまま行っちゃうのさ」

徳島はやけっぱちな気分になって後方の海上保安庁の船に手を振った。

「そりゃそうだが……」

すると海上保安庁の船は、マリーンジェムの右舷側を掠めるように追い抜いていった。追い抜かれる時、海上保安庁の船長が徳島の挨拶に応えるよう敬礼していた。

船内の灯火が煌々《こうこう》と照らされ、船長が二等海上保安正の階級章を付けているのが見える。そして巡視艇の舷側には、徳島が嫌というほど見た顔もあった。

「え、なんで江田島さんが？」

巡視艇の舷側でこちらに敬礼をしている海上保安官の一人、その顔が明らかに江田島であったのだ。

18

新木場のマリーナである。

チャン達が乗っ取ったマリーンジェム号が、エンジン音を上げながら夜のマリーナを出て東京湾へ向かった後、海に落ちたチャンの仲間達はなんとか桟橋の端にある梯子を見つけ泳いで辿り着いた。

冷たい海水に浸かり、二人とも全身がすっかり冷えている。早くしないと寒さで死んでしまいかねない。

だが、これでようやく海から上がれると思った矢先、突然声を掛けられた。

「あの、もしもし。貴方たちはどうして海の中にいるんです？　こんな寒い中、こんな暗い夜に、まさか寒中水泳とかじゃないよね？」

桟橋の上に、いつの間にか彼らに手を差し伸べる男がいたのだ。

マリーナの薄い照明に照らされた男の表情は和やかで友好的な微笑みであった。

「す、すみません。ちょっと仲間とふざけていて海に落ちてしまって」

しかし、男達は差し伸べられた手を掴んでようやく気付いた。

その男は、黒い戦闘服を着ていたのだ。

しかも肩には武器を背負っている。

一目見ただけでかなり高価だと分かる装備ばかり。特にプロテック製のヘルメットに暗視鏡がマウントされているのは非常に気になるところであった。

「貴方は、サバゲーマーですか？」

日本ではかなり本格的な装いをするのが流行っているというから、きっとそうに違いないと男達は思った。そのため、持っていた拳銃や短機関銃をそのまま海中で手放すことにした。

「やっぱ、そう見えちゃいますよね」

男は自嘲的に嗤いながら言う。そして男達を順に一人ずつ桟橋に引っ張り上げた。

濡れた服に冷たい風があたり、ますます身体が冷えていく。早くワゴン車に戻って服を脱ぎ暖房を全開にして身体を温めないと。

「おーい、そっちはどうだ？」

だがサバゲ男は二人の前に立ちはだかったまま振り返った。

「ちゅ、中隊長。こっちの少女はダメです」

見ると男の仲間と思しき別の戦闘服姿の者に、蒼髪の娘が引き上げられていた。男は必死になって心臓マッサージをしている。

「戻ってこい、戻ってこい」

男はさらに、心臓マッサージ器を持ってこいと叫んでいた。どれほど蘇生術を施しても脈が戻る気配がないので焦っているようだ。

「ああ、その娘な。言い忘れたけど、脈がないのが普通なんだ」

だがサバゲ男はなんでもないことのように言った。

「はい？　伊丹一尉。それってどういう？」

伊丹と呼びかけられた男は、部下の問いに答えずメイベルに話しかける。

「メイベル。頼むからなんとか言ってやってくれよ。部下が心配するだろ？」

するとメイベルは突然、むっくりと身体を起こした。

「うわっ！」

「すまぬ。一生懸命、躬を救わんとしてくれているのが分かったのでな、それを邪魔しては悪いような気がして、つい死んだふりを続けてしまったのだ。そしたらこう何というか、起きる時機を逸してしまってな……すまぬ、本当にすまぬ」

メイベルはそう言って、凍り付いている隊員に深々と頭を下げた。

「ちゅーたいちょー、心マ器持ってきましたけど。誰に使うんです？」

そこに小柄な女性が、これまた完全武装で現れた。ＡＥＤと書かれた赤いバッグを手にしている。

「おお栗《くり》ぼう、そっちを頼むよ」

「え、メイベルに心マ器？　いらないでしょ？」

「だから、メイベルじゃなくって佐埜《さの》のほう」

死んでいると思った娘が突然起き上がったせいで、佐埜という隊員が動転し、凍り付いていた。

「あ、あのー、俺たちは……」

チャンの部下達は何が起こっているのか理解できずにいた。

「ああ君達ね。君達にはこれからたっぷりと話を聞かせてもらいたいって人が待ってるんだ。その人が来るまで待っててくださいな。おーい、駒門《こまかど》さんまだぁ？」

「いま、こっちに来まーす」

彼らに分かっているのは、ここにいる男達がサバゲーマーなどではないということ。

そしてこの場にいると自分達は凍え死ぬということだけである。だが、目の前の伊丹という男は、それを理解しているのかいないのか、暖の取れるところへは簡単に行かせてくれそうもなかったのである。

＊　　＊

海上保安庁の巡視艇に江田島が乗っていた。

その事実に徳島は混乱した。いや、本人とは限らない。他人のそら似ということもある。しかしあそこまで似ているのはそうそうあり得ない。もし江田島本人でないのなら、同じ顔、同じ年格好の男がいるということになってしまう。

「そんなの災厄としか思えない」

だから他人のそら似、双子説ではないとしたら、あそこに江田島がいた理由は何か。

海上自衛官の江田島が海上保安庁の制服を着て巡視船に乗っているとすれば、何を思ったのか海上自衛隊を突如として退職し、海上保安庁に再就職したか、あるいは徳島達の置かれた状況を完全に把握していると報せるための二つだ。

もちろん前者であるはずがない。いや、前者だったら徳島としては大いに喜ばしいのだが、それはないだろう。そして後者だとするなら、今、あえて何もしないというのは何か理由があることになる。

「それは何故だろう？」

江田島がやりそうなことはすがり追いだ。

長野県では蜂の子を食べる。そのため蜂を生きたまま捕らえて目印となる綿などを取り付けて放ち、その蜂が戻る巣の在り処を見つけるのである。それがすがり追いだ。おそらく江田島は、マリーンジェム号でそのすがり追いをしようとしているのだろう。つまり徳島が必死にこちらの状態を伝えようとしたのは全く無意味だったのだ。

ならば、今徳島のすべきことは大人しくしてプリメーラ達の安全を確保することだ。

「どうした？　今の騒ぎは何だったんだ？」

巡視艇が行ってしまうと、チャンが船内から出てきた。

「いや、あれです」

黄が去って行く巡視艇を指差す。

「海上保安庁か？　それで、もう行ったんだな？」

「はい」

「ならいい。よし、見張りは俺が代わる。今度はお前が休め」

「はい、張先生」

黄は去り際、徳島を睨み付けた。

「俺は貴様のことを見張ってるからな」

先ほどの符丁のことで疑念を強めたのか、黄はそう言ってサロンのソファーに横たわった。

「お前、何かやったのか？」

チャンが尋ねてくる。

「海上保安庁と無線で会話した時、符丁を使ったのが気に入らなかったみたいでさ。しーきゅーしーきゅーって奴」

「ちっ、黄には俺から言っておく。お前は今後無線の使用は禁止だ。いいな？」

徳島は肩を竦めてチャンの裁定を受け容れたのだった。


その頃、シュラは右舷前方の船室に閉じ込められ、まんじりともせず過ごしていた。

シュラのいる右舷側キャビンには彼女とアマレット、そしてオー・ド・ヴィがいる。

プリメーラと、オデットは左舷側だ。

五人を二組に分けたチャンは、皆にこう宣言した。

「抵抗したら罰を加える。抵抗した本人ではなく、他の誰かにだ……怪しい行動をしても、我々の不利益になるような行動をしても、同様に予告や警告なしで罰を与える。その際、何が原因になったかは教えないし、実際にどのような危害を加えたかも教えない」

この巧妙な脅迫にシュラは舌打ちした。

左右の間のサロンには賊徒がいて、向こう側の様子が分からないから不安が募《つの》る。相手をおもんぱかって迂闊《うかつ》に動くことも出来ない。

「……」

振り返ると、アマレットが二人用のベッドで背中を丸め、ガタガタと身体を震わせていた。

彼女は目の前でメイベルが射殺される瞬間を目撃した。その衝撃の強さを思えばこうなってしまうのも致し方ないだろう。

「アマレット、大丈夫さ。彼女は亜神だ。死にはしない」

シュラは少しでもアマレットを安堵させようと、彼女を抱きしめて囁いた。

「でもあんなに血が出ていました……」

「司厨長……トクシマだって取り乱していなかったろ？　大丈夫だと彼には分かってい

たからさ」

「でも、お嬢様は大丈夫なのでしょうか？」

シュラはアマレットが怯えているもう一つの理由に気付いた。

アマレットは最悪の事態――プリメーラがメイベルのように撃たれてしまう姿を思い描いてしまっている。そして自らが生み出したその想像に怯えているのだ。

「大丈夫さ。大丈夫。奴らの狙いはプリムをどこかに連れて行くことだからね。傷つけたりしないいさ」

「そうなのでしょうか？」

「でなきゃこの船を乗っ取る理由がないだろ？」

「そう……ですわね」

問題はこの暴挙の目的は一体何かということだ。その内容によっては命を奪われるよりも辛いことがあるかもしれない。しかしそれを今問うても仕方のないことでもある。

「大丈夫だよ、アマレット。ボク達さえおとなしくしていれば、プリム達が傷つけられることはないんだから。だから心配ない」

シュラは自分でも信じていないことをアマレットに告げるしかなかった。

一方、プリメーラ達もまた、左舷の船首側キャビンのベッドに腰を下ろし、息を潜めるように黙り込んでいた。

「プリム。一体何がどうなっているのだ？」

オデットは存外落ち着いた口調であった。何が何やら分からないまま囚われの身となった彼女が一番混乱していてもおかしくないのだが、思った以上に気丈な様子を見せていた。

「分かりません」

プリメーラは何が原因でこうなったのかと必死に考えていた。だが、どう考えても思い当たるところがない。分かっているのは突然やってきた賊徒がメイベルを射殺し、彼らが手にしている武器の威力を見せつけたかと思うと、マリーンジェム号を乗っ取って出航させた。そしてプリメーラ達を船室に押し込めたということだけなのだ。

ニホンにも海賊を生業とする者がいて、人質をとって身代金を稼ぐようなことをしているのか。しかし、そうだとすると男達にチャンが与している理由が分からない。あの男は海賊ではなかったはずなのだから。だからチャンが見回りに現れた時、身代金はいくらで、誰に請求するつもりなのかと問うてみた。自分で交渉する余地があるかどうか試してみたのだ。

「身代金だって？」

だがチャンは鼻で笑うだけだった。

「それが目当てなのでは？」

「とんでもない。金が目当てだったらもっと効率的にやってるさ」

「それじゃ……」

「我々がこんなことをしたのは、あんたに協力してもらうためだ」

「きょ、協力とは？」

「真実を証言することだ。そこの羽の生えたお嬢さんが負傷した理由が鎧鯨だってことをな。皆に向けて宣言してもらいたい」

その一言でプリメーラは全てを理解した。これもまた自分が原因だったのだ。そして再びシュラやオデット、アマレット、オー・ド・ヴィらを巻き込んだのである。

様々な思いがこみ上げてきて自分の膝に爪を立てた。

「そ、そんなことをして、一体何の意味が……？」

「あんたが嘘をついていたと分かれば、日本政府も考えを改めるだろうと思ってな」

「プリム。嘘ってなんなのだ？」

「オディ、その話は後で……」

プリメーラはそう言ってオデットの無邪気な追及を先送りにし、チャンに向かった。

「貴方も海賊に酷い目に遭わされたのではないのですか？　海賊に対する怒りはないのですか？」

「確かにいい思いはしてなかったな。だが、もっと大きな目的がある」

「それは？」

「我が民族復興の夢という奴だ。あんたのような異世界人に話しても仕方のないことだがな」

チャンは詳しく話すつもりはないと態度で示した。

「とにかく大人しくしていろ。大切なお友達を傷つけられたくなければな。そうすればとりあえずは何もしない」

「とりあえず……なのですか？」

「最終的にどうなるかは、あんたがどれだけ協力的かで決まる」

チャンはそう言うと船室から出ていった。

残されたプリメーラは、オデットに物問い顔を向けられ、どう答えるべきか大いに悩むこととなったのである。


「おい、起きろ」

オー・ド・ヴィはマリーンジェム号右舷側の後部船室で寝ていた。

そこもまたキャビンの一つであるから、ベッドも用意されている。しかし、実際にはこの船を洋上レストランとして機能させるための様々な備品や食器、食品や酒といったものを保管する場所として使われていた。そのため、ベッドにはシーツも枕もなく、居住性は皆無だった。

ちなみにクルー用の寝室は左舷側後部にある。東京滞在中、オー・ド・ヴィはそちらを使っていた。だがマリーンジェム号を乗っ取ったチャン達は意図してか、あるいは自分達が休むためなのか、その部屋を使わせてはくれなかった。

怒鳴りつけるような声に起こされたオー・ド・ヴィは、目を擦りながらチャンに尋ねた。

「なんなので？」

「交代だ」

「交代？」

オー・ド・ヴィには交代の意味が全く理解できなかった。しかし、とりあえずチャンに従う。だがそれは武器を向けられたからではない。あくまでも人質とされたプリメーラやオデット達の身を案じていたためだった。

「朝ですね」

キャビンを出てサロンに上がると、既に夜が明けて朝となっていた。

「そうだ。トクシマの野郎に一晩中、船を操らせたんでな。そろそろ眠らせてやらんといかん」

見れば後部デッキのコクピットで徳島が舵を握っている。

「それで私に操縦をしろと？」

「そうだ……」

「私は船の操作なんて出来ないので」

オー・ド・ヴィはどうして自分が選ばれたのか分からなかった。シュラ艦長なら、きっと喜んでその役目を引き受けるだろう。

だが、チャンは言う。

「だからいいんだ。余計なことをしないからな」

そうしてオー・ド・ヴィを徳島の下へ連れて行ったのである。

「スロットルはこのまま。速度は今より上げないこと。速い速度で走ったらあっという間に燃料がなくなっちゃうからね。とりあえず方角さえ間違えなきゃいいよ」

徳島は舵をオー・ド・ヴィに預けながら言った。

「そうですか？」

「右側から左舷を見せてやってくる船は基本的にこっちが避ける。左側から右舷を見せる船は向こうが避けるのがルール。だけど時々約束事を忘れている船長もいるから、危なそうだと思ったら基本的に右に針路を変えて避ける。そして避け終えたら針路を元に戻す。いいね？」

徳島は液晶画面上の海図と、目の前にあるコンパスの方位表示を指差しながらそれだけしてくれればいいと告げた。

現在地は、三浦半島城ヶ島にある安房崎《あわざき》灯台を右手に見る位置。ここは船舶の往来量が多い海域でもあるため自動操縦任せに出来ないのだ。だが日本列島の地図すら見たことのないオー・ド・ヴィには海図の説明はあまり意味のないことであった。

「とにかくこの数字に向かっていけばいいんですね？」

オー・ド・ヴィは東京滞在中に読めるようになったコンパスのアラビア数字を指差す。

「ああ、それでいい」

徳島は身体が完全に冷え切っていることと、一晩中舵を握っていたこととが合わさって強烈な眠気に襲われていた。そのため、舵取りをオー・ド・ヴィに託すとサロンに入り、ソファーに身を投げるようにして眠ってしまったのである。

徳島が眠ると、チャンも黄も、少しだけ安堵した様子を見せた。そして二人とも揃ってサロンに入った。オー・ド・ヴィなど見張っている必要がないと思われているらしい。二人が徳島を警戒するのは、日本という国の海軍の兵士だからだろう。しかしここまであからさまに油断されると、オー・ド・ヴィは自分が男として勘定されていないように思われていささか屈辱を感じるのだ。

だからといってあえて反抗的に振る舞うのも大人げなく思える。そこで二人の油断に乗じて彼らの行動を観察することにした。

二人はまず、食事を始めた。

といっても台所にあった昨夜の料理の残り物を食べているだけだ。いくら徳島の料理とはいえ冷めてしまえば味も相応になっている。それでも彼らには充分美味いらしく、ガツガツと食い散らかしていた。そして腹ごなしを済ませると、無線機という道具を使ってどこかの誰かと話し始めた。

相手はチャンの上役のようだ。少なくとも頭の上がらない相手であることは通話の態度や物腰から理解できる。

やがて連絡を終えたチャンは、後部デッキにやってきて愚痴をこぼすように言った。

「参った……」

どうやら無理難題を持ちかけられたようだ。わざわざやってきて特地の言葉で呟くのだから、多分自分に聞いてもらいたいのだろう。オー・ド・ヴィは、無視しないで問いかけてやることにした。

「何が、なので？」

「これが、長い旅になりそうだってことだ」

「？」

「俺としちゃあ、お前さん達を連れて行くところは、もっと近くだと想定してた」

「別の所に連れて来いと言われましたか？」

「ま、そんなとこだ」

チャンはそう言って深々と嘆息した。

「それでなんだが……あのシュラとかいう女艦長、部屋から出しても平気だと思うか？」

「それを私に聞きますか？」

「俺の記憶に残っているのは、奴隷達を従えてオデット号を乗っ取った武闘派の姿なんだよ」

シュラは王制復古派に乗っ取られたオデット号を奪還するため、漕役奴隷達を引き連れて反乱を起こして成功させた。

「今だって表向きは大人しくしてるが、腹の底ではいろいろと企んでいるはずだ。そんなのを檻から出したらどんなことになると思う？」

だから、船の操縦を知らないオー・ド・ヴィのほうがマシだと判断したのだ。

「でもどうしてそれを私に聞くので？」

「おまえさんはあの騒ぎの際、大人しくしていた。危険に近付かない知恵がある証拠だ。それだけの慎重さの持ち主なら、姫さんの安全のために、俺達に協力してくれるんじゃないかと思ってな」

その言葉にオー・ド・ヴィは不快感を隠すことが出来なかった。お前は臆病者だと面《めん》罵《ば》されたのと同じようなものだったからだ。

「おいおい、怒るなよ。これは褒めてんだぞ」

「海賊に褒められて喜ぶほど承認欲求に餓《う》えていないので」

「俺たちが海賊？」

「そうでしょう？　武器を持って脅迫し、船舶を略取し、運航を支配している。これが海賊行為でなくてなんだと言うのです？」

オー・ド・ヴィに問われ、チャンはようやく自分のしていることに気付いたようである。

「そうか俺は海賊か！　ふふふふふ。そりゃいい。俺は海賊か！　……いっそのこと現代の鄭成功《ていせいこう》にでもなってやるか！」

何が気に入ったのか、チャンはそう言って上機嫌に笑っていたのだった。

＊　＊

徳島が目を覚ますと、マリーンジェム号の左舷側の窓から西日が差し込んでいた。振り返ってみると、太陽は周囲の空を茜に染めながら水平線に触れようとしている。

「もう、そんな時間か……」

結局、陽が出ている時間帯をまるまる眠り込んでしまったのだ。

見渡すと、陸の影はなくなって船の前後左右全てが水平線となっている。この世界の方角を示してくれるのは太陽だけ。その太陽が沈めば、星空が代わりに世界を示すだろう。

「くそっ、この馬鹿野郎が！」

突然の罵声に、徳島は振り返った。いや、突然というのは間違いで、そもそも先ほどから続いていたその罵声に徳島は起こされたのだ。

見ると、オー・ド・ヴィが黄に小突き回されていた。

後部デッキで無抵抗に横たわるオー・ド・ヴィを黄が蹴りまくっているのだ。意識があるかどうかも分からない。

「何をしてるんだ？　チャン？　すぐに止めさせてくれ！」

「起きたか？」

その乱暴の一部始終を、一歩退いたところから眺めていたチャンが徳島を振り返った。

「そういう訳にはいかない。これは悪質な妨害工作に対する制裁ってやつだからな」

「悪質な妨害？」

「あのガキ、燃料を使い果たしてくれたんだ」

「えっ⁉」

徳島はコクピットに駆けつけると燃料の残りを確認した。

すると残りがほとんどゼロになっていた。まだ少しは動かすことも出来るが、それでも進める距離は五〜六キロがよいところだろう。おそらくオー・ド・ヴィはスロットルをかなり上げて船を進ませたのだ。

「なんでこんなことを？　だいたいあんたら気付かなかったのか？」

「俺はこの手の船に慣れてないからな、こんなものだろうと思ってたんだ。奴はつい間違って操作したって言い訳している。実際のところはどうだかな？」

「なんてことをしてくれたんだ……」

「ホントその通りだな。だからあのガキには責任をとらせようと思っている」

チャンはそう言って肩を竦めた。そして黄はますますオー・ド・ヴィへの暴行を激しくしていった。それは制裁というより、目的を果たせなくなったことへの恨みをただ晴らしているだけに見えた。

「チャン。彼を止めてくれ。このままではヴィが死んでしまうよ！」

「どうして？　奴は俺たちの計画を滅茶苦茶にしたんだぞ！」

「あんたらの計画ならまだなんとかなる。帆があるからな」

徳島はそう言うと、黄とオー・ド・ヴィの間に割り込んだ。黄は妨害する徳島にまで拳を振り上げたが、それはチャンが止めた。

「待て、黄……」

「張先生？」

「トクシマ。帆があるとして、そんなもので目的地に行けるのか？」

「行けるさ。帆で進むなんて、特地の海では当たり前だったろ？」

チャンだって、オデット号のクルーとして展帆作業で索具を引いたりしたはずだと徳島は問いかけた。

「そ、それは、そうだが……」

「あの時と同じ要領でやればいいんだ」

徳島は続けた。

「ただし俺一人じゃ出来ない。長い航海を帆だけで進むとなると当然、交代要員も必要だ。シュラ艦長と俺と、ヴィの三人」

徳島はチャンと黄を交互に見た。

するとチャンはブルッと身体を震わせた。オデット号で徳島が司厨長に収まるまでの間、甲板員をさせられていた頃のことを思い出したようだ。彼にとってあの時のことは、よほど嫌な記憶なのだろう。

「仕方ない。黄、制裁はやめてやれ」

「はい、張先生」

黄はチャンの指示を素直に受け容れた。そして少年への暴行を止めたのである。

徳島は、気を失ったオー・ド・ヴィに手当を受けさせようと担ぎ上げた。

「司厨長、そいつの手当は下の誰かに任せろ。そして、あんたはメシを作れ」

徳島はチャンを振り返った。

「メシ？　あんたら何も食べてないのか？」

「もともとその予定ではなかったからなあ」

どうやらチャン達は、この航海をそれほど長くかかるものとは考えてなかったらしい。もしかすると国内のどこかにプリメーラ達を連れていけば終わりという計画だったのかもしれない。しかしその目論見は見事外れてしまったのだ。

「分かったよ。けどその間の船は？」

「その坊やを連れていったら、代わりに女艦長を呼んでこい」

「了解」

徳島はオー・ド・ヴィを担いで右舷側キャビンへ降りた。そしてシュラとともに再びサロンへ戻る。

「ふーん、そういうことか？」

徳島から現状の説明を受けたシュラは、鼻を鳴らすように言う。

「ということで、船の操作をよろしく」

「ラーラホー、船長！」

するとシュラが徳島に敬礼した。

「誰が船長？」

「トクシマ、君のことに決まってるだろう？」

徳島はこそばゆい気持ちになりながら、料理のためにサロンへ向かったのである。


徳島は、倉庫から保存食や缶詰を持ってくると食事の支度を始めた。

昨夜以来、皆何も食べてない。つまり腹を空かせている。そんな時は手の込んだ時間のかかる食べ物よりも、速さと量が一番なのだ。

電気が使えないので非常用の固形燃料を使い、まず鍋に湯を沸かす。

そして乾燥パスタの束を流し入れて茹でる。そしてトングでそれらを引き上げ、皿にもりつけ、缶詰のミートソースをぶっかければ出来あがりだ。

パスタの茹で汁も船の上では貴重品だ。なのでスープにしてしまう。

「出来たよ」

皿に小分けにすると、声を掛けずともチャンと黄がやってきてガツガツと食事を始めた。

「みんなを呼んでいい？」

するとチャンは頭を振った。

「ダメだ。全員を集めたら何をするか分からないからな。メシはそれぞれ部屋で食わせろ」

「食事は誰が運ぶ？　あんた達が部屋に運ぶの？」

「どうして俺達が働かなきゃならないんだ？」

つまり食事を運ぶのも徳島がやれということだ。しかしあくまでも人質は分断しておく方針だったはずなのに、徳島に食事を運ばせるのはいささかおかしい。徳島を通じて連絡を取り合えることになるからだ。

「分かったよ」

そのあたりを訝しく思いながら、徳島は自ら立ち上がりキャビンの四人の下に食事を運んだのであった。

「何であんなことを？」

徳島はオー・ド・ヴィとアマレットに食事を届けた。その際、ベッドに横たわっている少年が意識を取り戻したのを見ると理由を尋ねた。

「連中の目的は、プリメーラお嬢様を連れ去って言うことを聞かせることです。それだければ……と」


けはさせる訳にはいかないので」

「だから、船の燃料を使い果たしたと？」

「奴らはこの海のどこかで親玉と合流する予定なので。それが上手くいかなくなれば……と」

「そんなことをしても無意味だって分かってるんだろう？」

燃料が無くなっても帆がある。それにもし本当に身動きが取れなくなったらマリーンジェム号に乗る皆は遭難してしまう。下手をすれば命を落とすことにもなりかねないのだ。それでは本末転倒だ。

するとオー・ド・ヴィは言った。

「あなた馬鹿ですか。殺しますよ」

「どういうことさ？」

「貴方が何か考えてるって分かったから、こうしてあかさまなことをして奴らの気を引いたので。それが分かってないから馬鹿って言いました」

「え、えっ？　どういうことさ？」

「貴方は何もせず大人しくしている。このままだとじり貧だと分かっているのに抵抗もしない。それはきっと何か計画があるからなのでしょう？　そんなことは私ですら気付くので。なら連中だって遅かれ早かれ気付く。だから、そうさせないために誰かが無意味な抵抗をしておく必要があったんです。私が悪あがきみたいなことをすれば、こっちにはもはや打つ手がないって思わせることが出来るので」

「ああ、そういうことか」

徳島は合点がいったように頷いた。

「だから私は痛い目に遭うのも覚悟で……感謝してください。そしてその計画とやらを必ず成功させるので。さもないと殺しますからね」

オー・ド・ヴィは真っ赤に腫れ上がった顔をアマレットに優しく冷やしてもらいつつ、そんなことを言った。

しかし徳島は否定した。

「悪い、せっかく期待してくれているのに。そういう計画は全くないんだ」

「何故、どうして？　船倉に武器が隠してあるぐらいのこと言いなさいよ！　このままだと殺しますよ。せっかく痛い目に遭ったのに、殺しますよ」

「分かってる。けど、本当に何も考えてなかったんだ」

徳島はそう繰り返した。

徳島は気付いていた。これがチャンの狙いだったのだ。きっと彼はどこかで聞き耳を立てている。徳島に食事を運ばせたのは、素直に従う徳島にどんな企みがあるのか探るためだったのだ。だから徳島は何も話さない。オー・ド・ヴィの罵声を浴びても否定しなければならない。

徳島がサロンに戻ると、ソファーに腰掛けたチャンは薄笑いを浮かべていた。

「よう、司厨長。『黒い手』の坊やの様子はどうだった？」

予想通りチャンは、徳島とオー・ド・ヴィの会話を盗み聞きしていたようだ。だから、この男はこうも嫌らしげで得意げに笑うのだ。

＊　＊

その翌日、海は天候とともに酷く荒れた。

どんよりとした雲が全天を覆い、マリーンジェム号は波とうねりと強い風で激しく揺れた。

テーブル上のコップは、端から端までを一気に駆け抜けて床を転がり、ベッドに横たわっている者すら床に投げ出されるほどであった。

そんな悪天候の中、徳島は雨合羽《あまがっぱ》を着て舵を握っていた。

雨でもないのにそんな格好をするのは、波の斜面を駆け下りて波の谷間に船首が突っ込む瞬間、跳ね返る水飛沫を浴びるからである。

「うげっ……気持ち悪い」

同じように雨合羽を着て後部デッキで徳島を見張っていた黄が呻いた。

船酔いである。船の揺れ方は、ヒービング（上下に移動するように揺れる）、スウェイング（左右に移動するように揺れる）、サージング（船全体が前後に移動するように揺れる）、ヨーイング（船首が船の重心を軸に左右に振れる）、ピッチング（船全体が上下に振れる）、ローリング（船全体が左右に傾く）の六成分がある。これらが複雑に混じり合うと、人間の平衡感覚を司る調整機能が失調を来《きた》し、眠気、冷や汗、むかつき、そして嘔吐などを引き起こすのだ。

船酔いはどれだけ経験を積んだ船乗りであってもなる時はなる。とはいえ徳島は平気だった。操縦をする者は船酔いを起こしにくいのだ。そして特地の海で揉まれた経験のあるチャンもまた、さほど応えていないようだった。

「辛ければ寝てていいぞ」

チャンは、黄にサロンのソファーで横になっているよう告げると、代わりに雨合羽を着て後部デッキに出てきた。そしてメインセイルが半分近く畳まれているのを見ると徳島に問いかけた。

「何故、帆を下ろしている。これじゃ速度が出ないじゃないか!?」

「この波と風で一杯に張ったら転覆するよ」

「そりゃそうか」

「そんなことより、そろそろどこに向かうのか教えてくれ。食料と水がマジで心許ないんだ」

食料と水の管理を担当する徳島は言った。

マリーンジェム号は現在太平洋を南下していた。しかし東シナ海へ向かっている訳ではない。地図でいえば四国の真南といったあたりだ。東を見ると小笠原、西を見ると沖縄という緯度に近付いているのだ。

おかげで気温も上がって少しは過ごしやすくなっていた。

「食料や水のことなら心配はいらんよ」

チャンは言う。

「どうして?」

「もうじきだからだ。あと少しだ……」

チャンは意味深にそう言うだけであった。

チャンの言葉の意味が分かったのは、それから一昼夜過ぎた翌日のことである。

当直を終えて操舵をシュラに託した徳島がサロンに戻ると、チャンが無線機を相手に何かを話していた。中国語だ。

「何をしている？」

徳島が問いかけると、チャンはちょっと待てとばかりに左手を挙げる。そしてスピーカーの向こう側にいる誰かとの通話を終えると、徳島を振り返った。

「人が話している最中に、会話に割って入ってはいけませんって躾けられなかったのか？　現代っ子はしょうがないなあ」

「すまない。謝るよ」

徳島は素直に頭を下げた。

「この通信はな、こっちの足が遅いから、向こう側から来てくれるっていう連絡だ」

この一言で判明したことがある。チャンの通信相手は、船に搭載するＶＨＦ無線の電波の到達距離内に近付いているということだ。

「船で迎えに来るのか？」

「もしかしてお前、このヨットに乗ったまま、どこかの港に入るとでも思っていたのか？」

「いや、さすがにそれはないと思っていたが……」

徳島は舌打ちした。きっとどこかの船と合流するのだろうと予測はしていたが、こんな悪天候の中とは思わなかったのだ。

これだけ雲が厚いと、偵察衛星もマリーンジェム号を追跡できなくなる。天候がよくなってから太平洋に漂うマリーンジェム号を見つけたとしても、その時には徳島達は乗っていないのだ。

「困ったなあ……」

徳島の呟きにチャンは答えた。

「困るも何もないだろ？　お前に出来ることはホントに何もないんだから。黙って大人しくしていろ。これまでそうしてきたようにな」

チャンはそう言って笑ったのである。

「迎えの船がそろそろ来るぞ」

さらに一日が経過するとチャンは言った。しかし徳島には実感が全く湧かない。東西南北どちらに目を向けても荒れた海と水平線ばかりだからだ。とりあえずチャンが中国語で会話をしていたことから、迎えの船は西から来ると想定し、西を重点的に見張る。

「あれか？」

すると、双眼鏡の視界の中で何かが見え始めた。南に進むマリーンジェム号の右舷側、西の水平線に船影が見えたのだ。その数は二隻。

「あれでいいのか？」

「そうだ……あれに向かえ」

ここに来てようやくチャンの言葉が現実であると実感した。

チャンは無線機をとると、向こう側と頻繁にやりとりを始める。

徳島は正体不明の不審船にマリーンジェムをゆっくり寄せていった。やがて、近付いてくる二隻の船がそれぞれ全長五十メートルほどの大きさであると分かった。

外見は遠洋漁業船を装っている。しかし異様なまでにアンテナ類が多い。しかもそれらは漁具に偽装していて遠目には分からないようになっている。

「あれに接舷させるのか？」

チャンが「ああ」と鷹揚に頷く。

徳島は不審船に右舷側を見せて躊躇した。

不安定な風に煽られてふらふらするより、居所を決めて向こう側から近付いてきてもらったほうが安全だと考えたのだ。

するとこう側もそれを察したらしく、一隻が大きく旋回し風下から船縁を寄せてきた。もう一隻が風上に回ろうとしている。風を防いで移乗しやすくするつもりのようだ。

船というのは大きいほど船縁が高い。小型のカタマランからでは乗組員達のいる甲板は見上げるほどの高さにある。ある程度以上近付くと視界に全体が収まらなくなり、巨大な壁が接近してくるような印象になる。

「さて、トクシマ？」

徳島の横に立ったチャンは言った。

「なんだ？」

「お前には世話になった」

「いや、別に。大したことはしてないし」

「ここで別れることになるのは残念だ。だが申し訳ないが、お前を生かしておく訳にはいかんのだ」

「やっぱり、そういうことになる訳？」

チャンに拳銃を向けられると、徳島は左舷側へ後ずさった。

「お前だって俺達の国に行って幸せに暮らせるとは思ってないだろ？　自分がどうなる

かぐらいのことは、ちゃんと想像してたんだろ？」

「それはまあ、予感していたというか何というか……」

徳島は後頭部を掻く。

「俺としても、何も分かっていない相手を撃つのは欺《だま》し打ちみたいで気分がよくないからな」

チャンはそう言うと、引き金に人差し指をかけた。

「とはいえ覚悟なんて出来てないんだけど」

「それはそっちの都合だ」

「でも、撃たれると分かっていてこっちが抵抗もせず大人しくしていると思う？」

「思わないさ、だから黄に命じておいた」

するとその言葉を合図に、サロンから黄がプリメーラのこめかみに銃口を押しつけた姿で現れた。その後ろには、シュラも、アマレットも、オデットも、そしてオー・ド・ヴィの姿もある。

「全員連れてきたら、何されるか分からないから集めないつもりじゃなかったのか？」

「ここまで来たら、抵抗しても無意味だってことは誰にでも分かるだろ？　俺らをどうにかしたってあの船に追われる。このヨットで逃げきれると思うか？」

よくよく見れば、不審船の縁《へり》には重機関銃まで搭載されていた。

「なるほどね。これじゃ抵抗も無意味って訳か」

「そういうことだな。まあ、迷わず成仏してくれや」

「トクシマ……」

プリメーラが申し訳なさげに徳島に声を掛ける。自分が原因で他人に犠牲を強いることになり、罪悪感を抱いているのだろう。しかし徳島は言った。

「いいんですよ。こっちも無抵抗でやられるつもりはないんで」

するとその瞬間、徳島は後方に跳躍した。

「な!?」

カタマランの船縁から飛ぶというのは、つまり海に飛び出すということ。徳島は立った姿勢のまま水飛沫を上げ、たちまち海面下に没したのである。

「あのやろう!」

慌てたチャンと黄が、海面に向けて銃弾を放つ。

数発の弾丸が徳島を追いかけて海水を切り裂いた。しかしその時にはもう、南洋の海面下に徳島の姿は消えていた。

「くそっ!　あいつやっぱり何か企んでやがった!」

黄は苛立ちを露わにし、海中を覗こうと船縁から上体をいっぱいに乗り出して海面に顔を近付けた。だが海は荒れている。覗き込むのにも限界がある。

「黄、危ないぞ！」

「張さん、奴はきっとどこかに隠れて……」

黄が振り返ってチャンに叫ぶ。そしてその瞬間を待っていたかのように、海面下からにゅっと手が出てきた。

「あっ……」

襟首を掴まれた黄は、瞬く間に海に引きずり込まれていった。

「おいっ！　黄！」

海中では黄が、徳島と激しく争っていた。

黄は徳島を突き放そうとし、対する徳島は黄の身体を水中に引きずり込もうとしている。

チャンは徳島に銃弾を放とうと銃を構えた。しかし水飛沫と黄の身体が邪魔で狙いが定まらない。激しい争いを傍観することしか出来なかった。

海面下での掴み合いは続いた。しかし黄は無尽蔵の体力を有している訳ではない。次第に疲弊して力が低下し、飛沫も小さくなっていく。そしてついに荒れた海の波間に呑まれるようにその姿を消してしまったのである。

「黄！」

舷側からチャンが部下の名前を呼んだ。だが答えはない。

チャンが諦めるしかないかと思い始めた頃、波打つ海面に小さな無数の泡が浮き上がり始める。

「ん？」

何が起こるのかと黙って見つめていると、黄の頭が海中から現れた。そしてチャンに向けて右腕を伸ばしたのである。

「おお、助かったのか！ トクシマの奴をやっつけたんだな！ お前、凄いぞ！」

チャンは黄を引き揚げてやろうと拳銃を腰のベルトに挟み込み、右手を伸ばした。そしてその手を掴もうとした瞬間、二本目の右腕が海中から突き出てきてチャンの手首を握ったのである。

「な！」

その瞬間、黄の横から徳島が顔を現した。そして意識のない、死体となった黄を放り出し今度はチャンを海中へ引きずりこもうとする。

チャンは船縁で足を踏ん張り、逆に徳島を釣り上げようとした。拳銃は右の腰。抜きたくても抜けない。船の上と下で二人は激しく引っ張り合った。

その様子は近付く不審船にも分かったらしい。乗り移ろうと船縁に男達が集まりつつある。

しかしその時、プリメーラがチャンを後ろから大きく突き飛ばした。大きな水音とともにチャンが海に落ちる。

「司厨長！　掴まるので！」

オー・ド・ヴィがマリーンジェム号のエンジンをかける。そして、それを合図に徳島はマリーンジェムの舷側に手を伸ばした。

「ハジメが、掴まったのだ！」

オデットの合図で、オー・ド・ヴィがスロットルを全開、マリーンジェムが不審船の舷側に横っ腹をガリガリと激しくこすり付けながらも全速で走り出した。

不審船から男達が雪崩《なだれ》のように飛び移ってくる。だがマリーンジェムが急発進したため、そのほとんどが乗り移れず、海に落ちていく。

だが三名だけは辛うじてマリーンジェム号に乗り込んでいた。三名はすぐにコクピットのオー・ド・ヴィを取り押さえようと後部デッキに向かう。だが彼らの前にシュラが立ち塞がる。シュラはこれまでの鬱憤を晴らすかのように男たちに拳を叩き込み、見事な蹴りを繰り出していく。そうしてマリーンジェム号に乗り込んだ三名はたちまち海へと叩き落とされたのである。

どんどん離れていくマリーンジェム号にチャンは焦ったのか、不審船に向かって叫んだ。

「奴を追え！　あの船には燃料がほとんど残っていない。追えば追いつけるはずだ！」

するとチャンの言葉通り、二隻の不審船はその後を追った。

「おーい……お、俺をおいてくな！　助けてくれ！」

チャンは海に落ちた男達とともに、その場に漂うこととなったのである。

＊　＊

徳島は全速力で突き進むマリーンジェム号の前部デッキになんとか這い上がった。そしてもう動けないとばかりにその場に横たわる。さすがに黄との格闘で疲れたのだ。

「ハジメ、無事か？」

オデットが徳島の身を案じて駆け寄る。

プリメーラはそんな徳島を、心配そうに一歩離れたところから見守ることしか出来ない。

「なんとかね」

「そんなことよりも燃料が！」

オー・ド・ヴィが叫んだ。既に燃料計の針はEを指している。燃料タンクからエンジンへ繋がるパイプ内の燃料もいよいよ尽きて、エンジンが噎《む》せるような音を立て始めた。

「このままでは追いつかれるので！　シュラ艦長、何とかなりませんか！」

「なんとかしろと言われても！」

オー・ド・ヴィに代わってシュラが舵を握る。しかし、彼女の操船技術をもってしても燃料の尽きた船で不審船から逃れるのは流石に無理がある。

次第に二隻の不審船は距離を詰めてくる。そして搭載している武器をマリーンジェム号に向け、さらに警告の威嚇射撃をしてきたのである。

徳島はコクピットに向かうとマイクを取り無線で救助を求めた。

「こちらはマリーンジェム号。所属不明の船舶に襲われている。至急救援を求めます。誰か聞こえますか!?」

これを聞いている者が果たしているのかと思われたが徳島は続けた。

「こちらマリーンジェム。不審船に追われています。……返事がない。くっ、ダメか」

『諦めるのは、まだ早いですよ』

徳島が投げ出しかけたその瞬間、無線機から江田島の声が聞こえた。

そしてその直後――

不審船の進行方向で水柱が立て続けに四本上がった。

舞い上がった海水は、不審船の船体に巨大な水飛沫を浴びせたのである。


『だ〜ん、着・着・着・着!』

「よくやった」

CICからの報告を聞きながら、双眼鏡で着弾の様子を見ていた護衛艦『さみだれ』艦長、横川誠司《よこかわせいじ》二等海佐は頷いた。

連続して放った四発の弾群が目標とした位置に見事に的中したのだ。そんなことが出来るのは日頃の訓練の賜物以外の何物でもない。

そして横川の傍らには江田島一等海佐がいた。

「ツイてました。ソマリア沖に向けて出航したあなた方と合流できたのは本当に運がよい」

「これが偶然だとおっしゃるのですか？　ま、偶然といえば偶然かもしれませんね」

横川は無理をさせられた意趣返しとして、ほんの少し嫌み成分を混ぜて答えた。

この冬、護衛艦『さみだれ』は第××次派遣海賊対処水上部隊として、二回目の海賊対処活動に出航することとなっていた。しかし今回、何故か不思議なことにその出航が急に早められたのだ。

ただし広報では予定通りと説明されることだろう。あらゆる文書にもそう記載される。しかし『この時期』に『この航路』をたどってソマリアに向かうのが偶然な訳がない。誰かによる作為と調整があったに決まっていた。そしてその誰かは、いけしゃあしゃあと最後の仕上げは自分の手で行うのだとばかりに、ヘリを飛ばして艦に乗り込んできたのだ。

『ただちに武器を捨て、投降せよ！』

海賊対処行動であるが故に、『さみだれ』には八人の海上保安官が同乗していた。彼らは舷側に据え付けたＬＲＡＤ（長距離音響発生装置）で不審船に対する投降を呼びかけ続けている。

「該船《がいせん》は、威嚇射撃を無視して民間船に発砲しています。民間船が非常に危険な状況です。艦長には直ちに武器使用を要請します」

海上保安庁から派遣され同乗している保安官を束ねる海月《かいづき》三等海上保安監が横川に告げる。そして横川がその要請を受け容れた。

「武器使用要請、了解。対水上戦闘はじめ！」

横川の命令がＣＩＣのＦＣ《火器管制》へと送られる。

『撃《う》ちぃー方《かた》、はじめ！』

六二口径七六ミリ単装速射砲一門から放たれた八発の弾群が、空高く舞い上がり不審船に向かって容赦なく降り注ぐ。直撃弾四発、夾叉《きょうさ》四発。不審船は、たちまち炎上したのである。

＊　　＊

不審船の一隻は炎上、撃沈された。

その後、徳島達は護衛艦『さみだれ』に収容された。マリーンジェム号もそのまま漂流させておく訳にもいかないので曳航《えいこう》される。おかげでアデン湾ソマリア沖に向けて出航したはずの護衛艦『さみだれ』は、再び日本へ戻ることになった。

「これで安心ですよ」

江田島は士官室に案内されたプリメーラ達に告げる。

「コーヒーですよ。どうぞ」

「ありがとうなのだ」

プリメーラ達は若い乗組員達からコーヒーを出され、そのほろ苦さと温かさを安堵とともに味わっていた。オー・ド・ヴィも、アマレットもほっとした表情をしている。

プリメーラは、ずぶぬれの状態で上から毛布を被った徳島を見て思わず言った。

「よかった。本当によかったです」

プリメーラはそう言うと、徳島の視線から逃れるように項垂れた。どんな反応が返ってくるのか、恐れているのだ。そして蚊の鳴くような声で続けた。

「本当にごめんなさい。ごめんなさい」

「何がです？」

「オディのことを、貴方のせいだと罵ったこと……です」

「いいんですよ。そう言ってもらえて気楽になったのは確かですけどね。さあもう忘れてください。ここは潜水艦と違って広いからリラックスできるでしょ？　お風呂もありますよ」

水上艦の広さは潜水艦とは比べものにならないから、日本までの旅はきっと快適なものになるに違いない。何よりも湯船のある風呂がある。これはマリーンジェムにもないものだ。

しかしシュラは、鉄で出来た戦闘艦への興味を抑えることが出来ず、風呂よりも先に幹部の一人を捕まえると艦内のあちこちを見学させてもらいたがっていた。

「彼女らしいや」

徳島は江田島に問いかけた。

「統括、もう一隻の不審船はどうなりましたか？」

「現在、海上保安庁の巡視船と、他の護衛艦が追跡しています。針路を見ると、ルソン海峡を通り南シナ海に逃げ込むつもりのようです」

南シナ海は政治的に難しい海域だ。そのあたりに紛れ込まれたら、海上自衛隊も追いにくくなる。中華人民共和国政府は力尽くで邪魔をしてくるだろう。あるいは管轄権を主張し不審船を海賊として捕らえ、犯人と称する者の裁判を行ってみせる可能性も高い。もちろんそれは不審船が自分達とは関係がないと主張すること、そして九段線の内側を領海だと主張するための茶番だ。

「そのあたりの事情は、じっくりと聞かせていただきますからね」

江田島は、護衛艦『さみだれ』に用意された留置部屋で、力なく項垂《うなだ》れるチャンに告げた。

網のついた小窓からチャンの様子を覗く徳島に江田島は語る。

「もともと政府は海賊対処の行動を名目として、特地に艦艇を送り込む心積もりでした。しかしその名分となる理由がありませんでした。別にこじつけてもよかったのですが、海外からいらぬお節介をされる恐れがありましたからね。しかしプリメーラさんのおかげで自然な形で着手できます」

「はい」

「徳島君、我々も特地に参りますよ。我々の任務は、特地に紛れ込み、騒ぎを引き起こそうとする者達を探ることとです。いいですね」

江田島はそう言うと独房を後にする。しかし徳島は後を追うようにして言った。

「統括、その前に休暇とかもらえません？　心身ともにくたびれたんで、ちょっと羽を伸ばしたいなあって」

「何を言うんです？　貴方、たっぷり休んだではありませんか？　船に乗ってクルージングしたでしょう？」

「もしかしてそれって、シージャックされている間のことを言ってます？　あんなのが休みになる訳ないじゃないですか⁉」

「おかしいですねえ。私だったら楽しくってしょうがないんですけどねえ」

「頼みますよお。ご自分と俺を一緒にしないでください！ ちょっと統括、待ってください よ！ 可哀そうな部下に休暇を、特別の休暇を！」

そんな風に叫びながら、徳島は先を行く江田島の背中を懸命に追ったのであった。

あとがき

本作『ゲート　SEASON2　自衛隊　彼の海にて、斯く戦えり』にて活躍する潜水艦はなかなかに取材の難しい装備でした。

潜水艦という船が機密の塊だということも重要な理由の一つなのですが、私ひとりのために『取材』というイベントをしてくださるほど、艦も乗組員の方々も暇ではなかったからです。

「え？　どうして？」と思った方は、ちょっと想像してみてください。ご自分の家や部屋にお客を招く時でさえ、掃除をしたり洗濯物を取り込んだりと相応の準備をするでしょう？　ましてや、ちょっと綺麗に片づけた客間に通して終わりの客ではなく、家の隅から隅まで、押し入れから台所、果てはトイレやシャワーまで見せて欲しいだなどと言う厚かましいお客です。私だったら少しばかり迷惑な気分になるに違いありません。

なので取材するにしても、相手の事情をよく汲《く》んで都合を合わせる必要があるのです。

どうしたら良いだろうかと方々《ほうぼう》に相談した結果、自衛隊の募集相談員という立場がありましたのでこれを利用することになりました。

海上自衛隊では、将来海上自衛隊に入ろうかと考えている高校生、あるいは大学生のための職場見学会を開いています。もちろん潜水艦もその例に漏れません。

新人の勧誘は、入学式時期の大学サークル・部活勧誘を遥かに超えるレベルのカロリー量で行われる自衛隊の最優先事項。その時ならば、どの船でも熱烈に大歓迎してくれるのです。

そこに私は、自衛隊リクルーターと共に引率者の一員として参加していました。

要するに旗持ちのツアーコンダクター役です。

「ここ横須賀基地は、中はアメリカです。なので米《べい》ドルが使えまーす。日本円も使えますが、お釣りはドルになってしまいまーす」

「右手をごらんくださーい。あのハンバーガーショップで売っているドリンクはアメリカサイズですよー」

そんな説明をしつつ横須賀基地の海上自衛隊地区へと向かいます。そこで潜水艦の艦内散歩をさせて頂いたのですが――。はっきり言って狭かったです。ここで六十人が、何ケ月もすし詰めになるの!?　と絶叫したくなったほどです。

特に凄かったのがベッドですね。上の段との幅があまりにもなくて寝返りにも苦労する狭さでした。魚雷の発射管室にあるベッドに至っては、火薬のびっしり詰まった魚雷の横で寝ることになるので、どんな気分になるのかなと思ったりしました。

尋ねてみると、とある乗組員の方はこう答えてくれました。ウエスト直径が約五十三センチ。暑い時はひんやりとしてなかなか抱き心地が好いですよ。

いやあ想像できないよ、言葉じゃわかんないよ、と思った方は是非広島県呉《くれ》市にある「鉄のくじら館」を訪ねてみることをお勧めいたします。

こちらでは潜水艦『あきしお』が陸揚《りくあ》げして公開されていて、ベッドも置かれているので試しに潜り込んで横になることも出来ますよ。海上自衛隊の潜水艦乗りの方々の生活の様子が少しでも感じられると思います。

いやいや、もっと実感したいという方は海上自衛隊に入っちゃうという手もあります。是非一度、挑戦してみてください。

柳内たくみ

大好評発売中!
累計600万部突破!
(電子含む)
ゲート SEASON1
大好評発売中!
コミックス
最新18巻
大好評発売中!
単行本
文庫
漫画
漫画：竿尾悟
●本編1～5／外伝1～4／外伝+
●各定価：1870円(10%税込)
●本編1～5〈各上・下〉／外伝1～4〈各上・下〉／外伝+〈上・下〉
●各定価：660円(10%税込)
●1～18(以下、続刊)
●各定価：770円(10%税込)
スピンオフコミックスもチェック!!
ゲート featuring The Starry Heavens
原作：柳内たくみ
漫画：阿倍野ちゃこ
1～2
ゲート 帝国の薔薇騎士団 ピニャ・コ・ラーダ14歳
原作：柳内たくみ
漫画：志連ユキ枝
1～2
めい☆コン
原案：柳内たくみ
漫画：智
●各定価：748円(10%税込)

大ヒット
異世界×自衛隊ファンタジー
ゲート
自衛隊
彼の海にて、
斯く戦えり
GATE SEASON 2
1〜5
柳内たくみ 著
Yanai Takumi
1〜5巻
好評発売中！
文庫1〜2巻
（各上・下）
大好評発売中！
ゲート
SEASON 2
1.抜錨編
自衛隊 彼の海にて、斯く戦えり
柳内たくみ
舞台は異世界の海！ゲート海自編、ついに開幕！
海上自衛隊VS
異世界海賊＆海軍！
累計420万部！超スケールの自衛隊×異世界ファンタジー！
『ゲート』シリーズ累計
ついに
500万部
突破！
海自編、待望の文庫化！
●各定価：660円（10%税込）●Illustration：黒獅子
●各定価：1870円（10%税込）
●Illustration：Daisuke Izuka

ネットで話題沸騰!
アルファポリスWeb漫画
面白い漫画が毎日読める!!
アルファポリス COMICS
原作 柳内たくみ 漫画 竿尾悟
ゲート GATE 自衛隊 彼の地にて、斯く戦えり
原作 あずみ圭 漫画 木野コトラ
月が導く異世界道中
原作:秋川滝美
漫画:しわすだ
居酒屋ぼったくり
原作 紅月シン 漫画 観月藍
最強Fランク冒険者の気ままな辺境生活?
原作 初昔 茶ノ介 漫画 五月紅葉
前世で辛い思いをしたので、神様が謝罪に来ました
原作 霜月雹花 漫画 華尾ス太郎
愛され王子の異世界ほのほの生活
人気連載陣
● THE NEW GATE
● 素材採取家の異世界旅行記
● 異世界ゆるり紀行 ～子育てしながら冒険者します～
● いずれ最強の錬金術師?
● 追い出された万能職に新しい人生が始まりました
● 勘違いの工房主
● 大自然の魔法師アシュト、廃れた領地でスローライフ
and more...
原作 椎名ほわほわ
漫画 六堂秀哉
とあるおっさんのVRMMO活動記
Re:MONSTER リ・モンス
選りすぐりのWeb漫画が無料で読み放題!
今すぐアクセス!
アルファポリス 漫画
検索
アルファポリスアプリ
スマホでも漫画が読める!
App Store/Google pla
でダウンロード!

アルファライト文庫

この作品に対する皆様のご意見・ご感想をお待ちしております。

おハガキ・お手紙は以下の宛先にお送りください。

【宛先】

〒150-6008 東京都渋谷区恵比寿4-20-3 恵比寿ｶﾞｰﾃﾞﾝﾌﾟﾚｲｽﾀﾜｰ 8F
（株）アルファポリス　書籍感想係

メールフォームでのご意見・ご感想は右のＱＲコードから、
あるいは以下のワードで検索をかけてください。

アルファポリス　書籍の感想　検索

ご感想はこちらから

本書は、2018年5月当社より単行本として
刊行されたものを文庫化したものです。

ゲート SEASON2《シーズン》 自衛隊《じえいたい》 彼《か》の海《うみ》にて、斯《か》く戦《たたか》えり 2.謀濤編《ぼうとうへん》〈下《げ》〉

柳内たくみ（やないたくみ）

2021年6月4日初版発行

文庫編集－藤井秀樹・宮本剛
編集長－太田鉄平
発行者－梶本雄介
発行所－株式会社アルファポリス
〒150-6008東京都渋谷区恵比寿4-20-3恵比寿ガーデンプレイスタワー8F
TEL 03-6277-1601（営業） 03-6277-1602（編集）
URL https://www.alphapolis.co.jp/
発売元－株式会社星雲社（共同出版社・流通責任出版社）
〒112-0005東京都文京区水道1-3-30
TEL 03-3868-3275
装丁・本文イラスト－黒獅子
装丁デザイン－ansyyqdesign
印刷－中央精版印刷株式会社

価格はカバーに表示されてあります。

落丁乱丁の場合はアルファポリスまでご連絡ください。

送料は小社負担でお取り替えします。


ISBN978-4-434-28859-3 C0193